Eduard von Massen Pechmann

# Die Abweichung der Lothlinie bei astronomischen Beobachtungsstationen und ihre Berechnung als Erforderniss einer Gradmessung

Antigonos

**Eduard von Massen Pechmann**

# Die Abweichung der Lothlinie bei astronomischen Beobachtungsstationen und ihre Berechnung als Erforderniss einer Gradmessung

Unveränderter Nachdruck der Originalausgabe von 1864.

1. Auflage 2024  |  ISBN: 978-3-38614-991-4

Antigonos Verlag ist ein Imprint der Outlook Verlagsgesellschaft mbH.

Verlag: Outlook Verlag GmbH, Zeilweg 44, 60439 Frankfurt, Deutschland, info@outlook-verlag.de
Vertretungsberechtigt: E. Roepke, Zeilweg 44, 60439 Frankfurt, Deutschland
Druck: Libri Plureos GmbH, Friedensallee 273, 22763 Hamburg, Deutschland

DIE

# ABWEICHUNG DER LOTHLINIE

BEI

## ASTRONOMISCHEN BEOBACHTUNGSSTATIONEN

UND

## IHRE BERECHNUNG ALS ERFORDERNISS EINER GRADMESSUNG.

VON

**EDUARD PECHMANN,**

K. K. OBERSTEN UND VERMESSUNGSREFERENTEN DES GRUNDSTEUERKATASTERS, PRÄSIDENTEN DER K. K. GEOGRAPHISCHEN GESELLSCHAFT FÜR DAS VEREINSJAHR 1863.

*Mit 4 Karten.*

VORGELEGT IN DER SITZUNG DER MATHEMATISCH-NATURWISSENSCHAFTLICHEN CLASSE AM 12. FEBRUAR 1863.

$\mathbf{D}$er Inhalt dieser Denkschrift fusst in der Überzeugung, dass die redliche Absicht nicht verkannt werden wird im Streben unserer Zeit, über die Grösse und Figur der Erde endlich vollkommenen Aufschluss zu erhalten, einen bisher viel zu wenig gewürdigten Gegenstand zu besprechen, der sich jetzt um so mehr der Würdigung dieser kaiserlichen Akademie erfreuen dürfte, als auf Anregung Seiner Excellenz des königlich preussischen Herrn Generallieutenants J. J. Baeyer die Ausführung der mitteleuropäischen Gradmessung keinem Zweifel mehr unterworfen ist.

Die Denkschrift zur Begründung dieser Gradmessung[1]) gibt Seite 33 und 71 mehrere Abweichungen zwischen den geodätischen und astronomischen Resultaten verschiedener Gradmessungen an, welche bei dem französisch-englischen Meridianbogen in Eveaux 7″, 6, in Cowhythe 10″; zwischen Mailand und Parma 20″, 4; endlich zwischen Andrate und Mondovi bei der Verification der Gradmessung von Beccaria sogar 47″, 84 in der Breite betragen. Solche Abweichungen sollen auch bei dem grossen russischen Meridianbogen vorkommen. Sie sind aber noch anderwärts gefunden worden, und wie uns bekannt auch in Indien zwischen

---

[1]) Über die Grösse und Figur der Erde von J. J. Baeyer. Berlin 1861

den äussersten Stationen des nördlichen Bogentheiles südlich vom Himalaya zwischen Kalianpur und Kaliana[1]). Die erwähnte Denkschrift zählt auch Seite 72 zur Erklärung der Ursachen solcher Ablenkungen der Lothlinie drei Hypothesen auf, nämlich: 1. die Anziehung von Bergmassen; 2. die ungleichen Dichtigkeitsverhältnisse unter der Erdoberfläche und 3. die geognostischen Lagerungsverhältnisse, und meint, dass die Fragen: ob diese drei Hypothesen neben einander bestehen, ob sie nur einzeln oder auch in Verbindung mit einander vorkommen, und sich gegenseitig aufheben können oder nicht, künftigen Gradmessungen vorbehalten bleiben.

Wir müssen gestehen, dass wir dieser Meinung nicht beipflichten könnten, weil es auch schon der Gegenwart obliegt zur Lösung dieser Fragen nach Kräften beizutragen, und weil uns die sichtbaren Unregelmässigkeiten der Erdoberfläche für sich schon Grund genug geben, vorerst ihren Einfluss auf die Ablenkung der Lothlinie zu untersuchen, wodurch es wenigstens da, wo das Ergebniss dieser Untersuchung ausreicht, die Ablenkung vollständig zu erklären, jedenfalls unnütz wird, Hypothesen überhaupt in Anspruch zu nehmen.

Aber selbst in den Fällen, wo eine derartige Untersuchung die vorhandene Abweichung nicht gänzlich aufzuklären vermöchte, bleibt sie doch immer von grosser Wichtigkeit, weil sie die Ergebnisse der Beobachtungen zum Zwecke der Vergleichung mit andern in derselben Art behandelten Grössen, und zur Ausgleichung unter sich weit geeigneter, dadurch aber auch eine Gradmessung weit sicherer machen wird.

Nur was in solchen Fällen noch zur vollständigen Lösung der Fragen erübriget, das allein, meinen wir, mag der Zukunft vorbehalten bleiben.

Sind wir daher im Stande die Einflüsse der erwähnten Unregelmässigkeiten auf die Richtung der Lothlinie, oder was dasselbe ist, die auf was immer für einen Beobachtungsort ausgeübte Attraction zu berechnen, so dürfen wir auch keine Mühe scheuen, diese Berechnung für jede astronomische Station einer Gradmessung vorzunehmen, weil die besten astronomischen Bestimmungen nur so die grösstmögliche Gewähr für eine zuverlässige Gradmessung haben können.

An Versuchen und selbst ausgeführten Attractionsberechnungen fehlt es bereits nicht, und wir verweisen in dieser Hinsicht auf die Abhandlung J. H. Pratt's[2]) bezüglich der Anziehung der Gebirgsmassen des Himalaya bei der Gradmessung in Indien zwischen Kalianpur und Kaliana, und auf die Abhandlung vom Oberstlieutenant James[3]) bezüglich der astronomischen Beobachtungen auf dem Hügel Arthur-Seat in Schottland.

Die Resultate des Ersteren sind wohl nicht zur Aufmunterung geeignet, da er selbst mit weiterer Zulassung von Hypothesen die berechnete Attraction durchaus nicht auf das Resultat zurückzuführen vermag, welches durch den Vergleich der astronomischen mit den geodätischen Bestimmungen sich herausstellt.

Dagegen sind die Berechnungen von James schon werthvoller und bieten genug Stoff zum weiteren Studium dieser Frage.

Wir werden es nun versuchen, hierüber unsere Anschauungen, nicht nur in der Theorie, sondern auch in der Anwendung, klar zu machen und die Mittel zur Berechnung der Attraction als Correctiv für astronomische Beobachtungen nachzuweisen.

---

[1]) Siehe „L'institut année 23e No. 117." Sitzung der königl. Akademie der Wissenschaften zu London im December 1854.

[2]) L'institut année 23e No. 117.

[3]) London. Philosophical transactions, 1856. 2. Theil.

# I.

Auf dem Erdsphäroide ist die Richtung der Schwere gleichbedeutend mit jener der Normale. Da aber die Erdoberfläche bedeutende Unregelmässigkeiten der Massen aufzuweisen hat, so werden diese Unregelmässigkeiten nach dem bekannten allgemeinen Grundsatze: dass sich die Materien proportionirt zur Masse und verkehrt zum Quadrate der Entfernung anziehen, offenbar auch in der Richtung der Schwere Ablenkungen verursachen müssen, wodurch diese Richtung nicht mehr mit jener der regelmässigen Gestalt der Erde entsprechenden Normale übereinfällt.

Bei der Aufstellung irgend eines mathematischen Instrumentes kann dessen verticale Achse nicht anders als in der wirklich stattfindenden Richtung der Schwere liegen; so dass sie also bei einer Ablenkung dieser letzteren ebenfalls von der Normale abweichen wird, und die mit einem solchen Instrumente gewonnenen astronomischen Bestimmungen natürlich nicht genau sein können.

Da die hier verstandene Anziehung oder Attraction von der Lage des Ortes, auf den sie wirkt, und von dem umgebenden Terrain abhängig ist; so kann sie füglich mit dem Ausdrucke Local-Attraction bezeichnet werden. Wir wollen sie jedoch schlechtweg Attraction nennen und nur in Folge einer näheren Angabe diesem Worte einen andern Sinn unterlegen.

Bei der näheren Untersuchung dieses Gegenstandes wird es am bequemsten sein, ein rechtwinkeliges Coordinatensystem so anzunehmen, dass sein Nullpunkt mit dem betreffenden Observationsorte, die Ebene der $xy$ mit seinem Horizonte und überdies die Achse der $x$ mit seiner Meridianebene zusammenfalle.

Die Richtung der $x$ sei gegen Süden, die der $y$ gegen Westen, und die der $z$ nach unten positiv; entgegengesetzt negativ. Die auf dem Observationsorte gezählten Azimuthe erhalten hiemit ihren Nullpunkt im Süden, und ihre positive Richtung gegen Westen.

Die von den Unregelmässigkeiten der Erdoberfläche hervorgebrachte Attraction in der Richtung der $z$ wird gegenüber der in derselben Richtung stattfindenden Attraction oder Anziehung der gesammten Erde so gering sein, dass wir die letztere, die wir mit $E$ bezeichnen wollen, für die Summe beider annehmen, mithin die erstere vernachlässigen können. Wir werden es daher nur mit der Attraction in der Richtung der $x$ und $y$ zu thun haben. Bezeichnet man die erstere mit $M$, die letztere mit $W$, ihre Resultirende mit $Q$ und das Azimuth der Richtung dieser mit $a$; so hat man:

$$Q = \sqrt{M^2 + W^2};$$

$$\tan a = \frac{W}{M};$$

$$\sin a = \frac{W}{\sqrt{M^2 + W^2}} = \frac{W}{Q}$$

$$\cos a = \frac{M}{\sqrt{M^2 + W^2}} = \frac{M}{Q}.$$

Wird der Winkel, um welchen die Richtung der verticalen Achse des Instrumentes von seiner Normale abgelenkt wird, mit $\zeta$ bezeichnet, so ist.

$$\tan \zeta = \frac{Q}{E} \text{ und da } \zeta \text{ sehr spitzig}$$

$$\zeta = \frac{Q}{E}$$

wo $\zeta$ stets einen positiven Werth hat.

Stellen $N$ und $S$ (Fig. I) den Nord- und Südpol, $nn_1$ den nach beiden Seiten beliebig verlängerten Äquator, endlich $Z$ und $Z_1$ die zwei Punkte auf dem Himmelsgewölbe vor, in welchem dasselbe getroffen wird, wenn die Normale und die Achse des attrahirten Instrumentes verlängert werden; so ist $\zeta$ der früher bemerkte dem grössten Kreisbogen $ZZ_1$ entsprechende Winkel der Ablenkung, $NZS$ der richtige der Normale, und $NZ_1S$ der falsche dem attrahirten Instrumente entsprechende Meridian; ferner ist das Azimuth des grössten Kreisbogens $ZZ_1$, da $Z_1$ und $Q$ in entgegengesetzten Richtungen gelegen sind, offenbar $= a + 180°$, und man hat, wenn $\varphi$ die der Normale, und $\varphi_1$ die dem attrahirten Instrumente entsprechende Polhöhe anzeigt:

$$\varphi = nZ \text{ und } \varphi_1 = n_1Z_1.$$

Nun ist sehr nahe

$$\varphi_1 = \varphi - \zeta \cos (a + 180)$$
$$\varphi = \varphi_1 - \zeta \cos a$$

und wenn für $\zeta$ und $\cos a$ die früher angegebenen Werthe substituirt werden,

$$1) \qquad \left\{ \begin{array}{l} \varphi = \varphi_1 - \dfrac{M}{E} \text{ und in Secunden} \\[2mm] \varphi = \varphi_1 - \dfrac{M}{E \sin 1''}. \end{array} \right.$$

Man muss daher zu der, nach dem attrahirten Instrumente sich ergebenden Polhöhe noch $-\dfrac{M}{E \sin 1''}$ hinzuthun, um die der Normale entsprechende Polhöhe zu erhalten.

Lassen wir $\tau = ZNZ_1$ als Stundenwinkel des falschen Zenithes $Z_1$ und $t$ als Stundenwinkel irgend eines Gestirnes gelten, wenn nämlich die Zählung im richtigen Meridiane $NZnS$ beginnt, und ist $t_1$ der Stundenwinkel desselben Gestirnes, wenn die Zählung im falschen Meridiane $NZ_1n_1S$ beginnt; so ist offenbar:

$$2) \qquad t = t_1 + \tau.$$

Es ist aber, wenn die positive Richtung gegen Westen angenommen wird:

$$\sin \tau \sin NZ_1 = \sin \zeta \sin (a + 180)$$

und da $\tau$ und $\zeta$ sehr spitzig, dann $NZ_1 = (90 - \varphi_1)$ ist:

$$\tau = - \zeta \frac{\sin a}{\cos \varphi_1}$$

und durch Substitution der früheren Werthe von $\zeta$ und $\sin a$

$$3) \qquad \tau = - \sec \varphi_1 \left( \frac{W}{E} \right)$$

Wird dieser Werth in 2) substituirt, so hat man:

$$4) \quad \begin{cases} t = t_1 - \sec \varphi_1 \left( \dfrac{W}{E} \right) \text{ und in Zeit-Secunden} \\ t = t_1 - \sec \varphi_1 \left( \dfrac{W}{15\,E \sin 1''} \right). \end{cases}$$

Man muss daher zu dem nach einem attrahirten Instrumente sich ergebenden Stundenwinkel noch $- \sec \varphi_1 \left( \dfrac{W}{15\,E \sin 1''} \right)$ hinzuthun, um den richtigen der Normale entsprechenden Werth desselben zu erhalten, und bei der Culmination des Gestirnes, wo $t_1 = 0$ wird, bleibt in Bezug auf den richtigen Meridian noch immer der Stundenwinkel

$$t = - \sec \varphi_1 \, \frac{W}{15\,E \sin 1''},$$

was besonders bei Längenbestimmungen Anlass zur Berücksichtigung gibt.

Verlängert man eine durch den Observationsort und ein irdisches Object gelegte Gerade, bis sie irgend einen Punkt $G$ am Himmelsgewölbe trifft, so kann man $G$ für ein Gestirn ansehen, welches mit dem irdischen Objecte dasselbe Azimuth und dieselbe Höhe hat. Sind nun die richtigen Werthe der Letzteren $A$ und $h$ hingegen die nach dem attrahirten Instrumente sich ergebenden $A_1$ und $h_1$; so werden dieselben Werthe auch dem irdischen Objecte entsprechen. Setzt man dem zufolge

$$5) \qquad A = A_1 + \alpha$$

$$6) \qquad h = h_1 + \gamma.$$

so sind $\alpha$ und $\gamma$ erst zu bestimmende Unterschiede, von denen wir voraussetzen, dass ihnen nur kleine Werthe zukommen.

Setzt man der Kürze halber

$$7) \qquad -\frac{M}{E} = v$$

so hat man auch

$$8) \qquad \varphi = \varphi_1 + v.$$

Nach den Formeln der sphärischen Astronomie hat man:

$$A) \qquad \sin \delta = \sin \varphi \sin h - \cos \varphi \cos h \cos A,$$

$$B) \qquad \cos \delta \sin t = \cos h \sin A,$$

$$C) \qquad \cos \delta \cos t = \sin h \cos \varphi + \cos h \sin \varphi \cos A,$$

wo $\delta$ die Declination von $G$ anzeigt. Es werden aber diesen Gleichungen, da $\delta$ keiner Änderung unterliegt, auch die Grössen $\varphi_1$, $t_1$, $A_1$, $h_1$ und $\delta$ entsprechen. Setzt man in die Gleichungen $A)$ und $B)$ für $t$, $A$, $h$ und $\varphi$ die Werthe nach 2), 5), 6) und 8), und nimmt die Entwicklung nur bis auf die erste Potenz der kleinen Grössen $\tau$, $\alpha$, $\gamma$ und $v$ vor; so erhält man zwei Gleichungen, aus denen sich mit Rücksicht auf die Gleichung $C)$ dann auf die Werthe von $\tau$ und

$v$ nach 3) und 7), endlich unter der Voraussetzung, dass die Höhe des irdischen Objectes so gering ist, dass man füglich 0 für $\sin h_1 =$ und 1 für $\cos h_1$ annehmen kann:

$$\alpha = - \tan \varphi_1 \left( \frac{W}{E} \right),$$

$$\gamma = \cos A_1 \left( \frac{M}{E} \right) + \sin A_1 \left( \frac{W}{E} \right)$$

ergibt. Daher hat man mit Rücksicht auf 5) und 6) in Bogensecunden:

9) $$A = A_1 - \tan \varphi_1 \left( \frac{W}{E \sin 1''} \right)$$

10) $$h = h_1 + \cos A_1 \left( \frac{M}{E \sin 1''} \right) + \sin A_1 \left( \frac{W}{E \sin 1''} \right)$$

Befindet sich der Observationsort im Äquator, so ist $\varphi_1 = 0$, mithin $A = A_1$; so dass also die Attraction in diesem Falle keinen Einfluss auf die Bestimmung eines Azimuthes hat, während sie sonst sowohl auf Azimuth- als Höhenbestimmungen nachtheilig einwirken kann, wenn sie nicht berücksichtiget wird.

## II.

Um die von den Unregelmässigkeiten des Erdballs herrührende Attraction zu bestimmen, muss die regelmässige oder theoretische Oberfläche desselben gegeben sein, für welche bekanntlich diejenige Fläche angenommen wird, deren sämmtliche Punkte im Niveau des Meeresspiegels gelegen sind. Sie wird desshalb auch als die natürliche Normalfläche angesehen werden können.

Bei der geringen Abweichung des Erdballs von der Kugelform wird es erlaubt sein, sie als Kugeloberfläche zu betrachten, wo dann selbstverständlich auch alle Höhen und Tiefen auf diese bezogen werden müssen. Aber man kann auch eine zu ihr concentrische Kugeloberfläche von grösserem Halbmesser als Normalfläche annehmen, wo dann der Unterschied der Halbmesser von den Höhen abzuziehen und den Tiefen zuzulegen ist. Man erlangt dadurch den Vortheil, dass — wie es später klarer hervortreten wird — bei der Berechnung grosse Zahlen vermieden werden. Am Bequemsten wird es sein, die Normalfläche durch den Observationsort, und wenn mehrere Observationsorte vorhanden sind, durch denjenigen anzunehmen, welcher in Folge der näheren Umstände als der wichtigste oder als der Hauptort anzusehen ist.

Wenn über der einmal angenommenen Normalfläche keine, hingegen unter derselben nur solche Schichten vorkämen, welche eine gleiche Dichtigkeit $\rho$ hätten, wo also $\rho$ als Normaldichtigkeit für die zunächst der Oberfläche befindlichen Schichten zu betrachten wäre, so könnte wohl von einer Abweichung der Richtung der Schwere von der Normale nicht die Rede sein. Da dies aber nicht der Fall ist, so kommt es darauf an, bei der Bestimmung der auf einen Erdort ausgeübten Attraction das zweckmässigste Verfahren anzuwenden, wofür wir Folgendes halten:

Das Terrain wird in Untertheilungen zerlegt, und die Attraction einer jeden solchen Untertheilung berechnet. Die Summe der so erlangten Werthe gibt dann die Gesammtattraction. Dabei wird die Berechnung vorerst durchgehends für die Dichtigkeit $= 1$ durchgeführt und dann die Summen der aus gleich dichten Gruppen sich ergebenden Resultate mit der wirklich stattfindenden Dichtigkeit multiplicirt.

Bezüglich der Letzteren ist noch Folgendes zu beachten: Kommen unterhalb der Normalfläche Untertheilungen vor, die eine von der Normaldichtigkeit $\rho$ abweichende Dichtigkeit $r$ haben; so stelle man sich vor, dass Untertheilungen von der ersteren Dichtigkeit abgehen, dafür aber Untertheilungen von der letzteren eingesetzt sind, und man wird leicht einsehen, dass die für die Dichtigkeit $= 1$ berechnete Attraction solcher unter der Normalfläche befindlicher Untertheilungen, allgemein genommen, mit $(r - \rho)$ multiplicirt werden muss, um den richtigen Effect zu erhalten.

Bei den Erdschichten dieser Untertheilungen werden jedoch solche, welche von einer durchschnittlichen Dichtigkeit bedeutend **abweichen**, nur in geringer Menge vorhanden sein, und es wird der hier möglichen Genauigkeit unbeschadet, und in den meisten Fällen für sie durchgehends eine Normaldichtigkeit $\rho$ angenommen werden können, wo dann ihre für die Dichtigkeit $= 1$ berechnete Attraction mit $(\rho - \rho) = 0$ zu multipliciren wäre; daher diese Berechnung gänzlich entfällt.

Aus dem eben angeführten Grunde **wird** man auch für die oberhalb der Normalfläche gelegenen Schichten die Normaldichtigkeit $\rho$ annehmen können. Dagegen muss die auf obige Art berechnete Attraction des Meerwassers noch mit $(1{,}026 - \rho)$, und jene des unter der Normalfläche befindlichen Binnenwassers mit $(1 - \rho)$ multiplicirt werden.

Kommt aber unter der angenommenen Normalfläche ein leerer Raum vor, wie z. B. ein Thal oder der vom Meeresspiegel und der Normalfläche eingeschlossene Raum, so sind, da hier die Dichtigkeit $= 0$ angenommen werden kann[1]), die im obigen Sinne berechneten Resultate mit $(0 - \rho) = - \rho$ zu multipliciren, wo demnach der Effect derselbe ist, als wenn in entgegengesetzter Lage attrahirende Massen vorhanden wären.

Endlich bleibt die für Binnenwässer oberhalb der Normalfläche berechnete Attraction für die Dichtigkeit $= 1$ unverändert, da diese Dichtigkeit ihnen wirklich zukommt.

Bezeichnet man daher die Summen der für die Dichtigkeit $= 1$ berechneten Attraction, in den beiden Richtungen der $x$ und $y$ für die oberhalb der Normalfläche befindlichen Erdschichten mit $\Sigma X$ und $\Sigma Y$; für das Meerwasser mit $\Sigma X^{u}$ und $\Sigma Y^{u}$; für die Binnenwässer unter der Normalfläche mit $\Sigma X^{v}$ und $\Sigma Y^{v}$; für die Binnenwässer oberhalb der Normalfläche mit $\Sigma X^{o}$ und $\Sigma Y^{o}$; endlich für die unterhalb der Normalfläche befindlichen leeren Räume mit $\Sigma X^{L}$ und $\Sigma Y^{L}$, und setzt $\dfrac{1}{E \sin 1''} = D$; so erhält man leicht, wenn die Grössen von gemeinschaftlichen Factoren zusammengezogen werden:

$$11)\quad\begin{cases}\dfrac{M}{E \sin 1''} = D\rho\left\{ \Sigma X - \Sigma X^{u} - \Sigma X^{v} - \Sigma X^{L}\right\} + D\left\{ 1{,}026\,\Sigma X^{u} + \Sigma X^{v} + \Sigma X^{o}\right\},\\[2ex]\dfrac{W}{E \sin 1''} = D\rho\left\{ \Sigma Y - \Sigma Y^{u} - \Sigma Y^{v} - \Sigma Y^{L}\right\} + D\left\{ 1{,}026\,\Sigma Y^{u} + \Sigma Y^{v} + \Sigma Y^{o}\right\},\end{cases}$$

wo $\dfrac{M}{E \sin 1''}$ und $\dfrac{W}{E \sin 1''}$, wie es von selbst einleuchtet, die in der Richtung der $x$ und $y$ auf den betreffenden Observationsort ausgeübte, in Secunden ausgedrückte Gesammt-Attraction oder vielmehr stattfindende Ablenkung der Lothlinie anzeigen und dieselbe Bedeutung haben, wie im Vorhergehenden.

Zur Berechnung der Attraction oder Anziehung $E$ der Erde, mithin auch der Constante $D$ ist es ebenfalls hinreichend, die Erde als eine Kugel zu betrachten. Nun ist aber bekanntlich

---

[1]) Strenge wäre, da die Dichtigkeit der Luft $= 0{,}0013$, der Coäfficient $= (0{,}0013 - \rho)$.

die von einer Kugel auf einen auf ihrer Oberfläche oder ausserhalb derselben gelegenen Punkt ausgeübte Attraction — selbst wenn man annimmt, dass sie aus mehreren concentrischen dicht an einander anliegenden Hohlkugeln von verschiedener Dichtigkeit besteht, — dieselbe, als wenn ihre Masse im Mittelpunkte concentrirt wäre. Nimmt man daher für ihre mittlere Dichtigkeit $\Delta$, für den Halbmesser $a$, an und setzt die Entfernung des angezogenen Punktes vom Mittelpunkte $= A$, so ist:

$$E = \frac{4}{3}\,\pi\Delta\,\frac{a^3}{A^2},$$

wo $\pi$ die halbe Peripherie für den Halbmesser $= 1$ anzeigt. In den hier vorkommenden Fällen wird es auch gestattet sein $A = a$ zu setzen und es ergibt sich dann:

$$E = \frac{4}{3}\,\pi\Delta a$$

und

$$D = \frac{1}{\frac{4}{3}\,\pi\Delta a \sin 1''}.$$

Legen wir die vom königlich englischen Oberstlieutenant **James** in der früher bezeichneten Abhandlung bekannt gegebenen Daten zu Grunde, nämlich: $\rho = 2{,}75$; $\Delta = 5{,}316$ und $a = 3956{,}1$ englische Meilen; so erhalten wir, da wir bei unseren Berechnungen zur Vermeidung grosser Zahlen durchgehends 1000 österreichische Klafter als Einheit annehmen, und eine österreichische Meile $= 4000$ österreichische Klafter 4,7138 englische Meilen ausmacht, wo dann

$$a = 3956.1 \times \frac{4}{4.7138} = 3357{,}04 \text{ ist,}$$
$$D = 2{,}75928 \text{ und}$$
$$D\rho = 7{,}5880.$$

Sind nun die $X$ und $Y$ berechnet, so wird man auch die Werthe von $\dfrac{M}{E \sin 1''}$ und $\dfrac{W}{E \sin 1''}$ nach 11) berechnen und nach 1), 4), 9) und 10) im vorigen Artikel anwenden können.

Setzt man jedoch $D$ und $D\rho$ als unbekannt voraus, so können diese Grössen in der Art bestimmt werden, dass die mit denselben berechnete Ablenkung der Lothlinie von der Normale, den auf mehreren Orten vorgenommenen, auf Grund terrestrischer Messungen mit einander vergleichbaren astronomischen Bestimmungen am meisten entspricht; ein wichtiger Umstand, der später noch in nähere Erwägung gezogen werden soll.

Wir übergehen nun zur Berechnung der Attraction der verschiedenen Körperformen, wie sie die Terrainuntertheilungen meistens erhalten dürften, wobei wir uns zur Vereinfachung erlauben, die angenommene Normalfläche, sobald die Entfernung zwischen den attrahirenden Untertheilungen und dem attrahirten Orte 2 Grade des Meridianbogens nicht überschreitet, als eine an dem betreffenden Observationsorte sie tangirende Ebene zu betrachten, wo also natürlich die Höhen und Tiefen auf diese letztere zu beziehen sind.

Die Berechnung geschieht, wie es unserem Vorgange am zweckdienlichsten und bereits angedeutet ist, durchgehends für die Dichtigkeit $= 1$.

# III.

**Berechnung der Attraction eines von verticalen und horizortalen Ebenen so abgegrenzten Körpers, dass seine horizontale Querschnittsfläche, in Bezug auf zwei auf einander senkrechte Richtungen symmetrische Figuren bilden.**

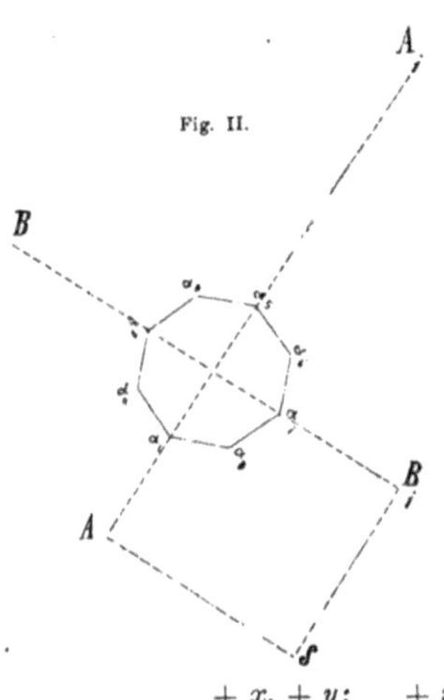



Ist $\alpha, \alpha_{,}, \ldots \alpha_{7}, \alpha_{8}$ (Fig. II) eine solche symmetrische Querschnittsfläche, die auch ein Kreis, eine Ellipse u. s. w. sein kann, so wird man durch die als Nullpunkt angenommene auf die Normalfläche gefällte Projection $m$ des Schwerpunktes derselben ein rechtwinkliges Coordinatensystem so legen können, dass während die gesammten in sie fallenden Punkte dieselbe verticale Coordinate $z$ haben, je vier von ihnen in den horizontalen Coordinaten sich blos dem Vorzeichen nach unterscheiden. Denn zeigt man die zwei Richtungen durch zwei auf der Normalfläche durch $m$ senkrecht auf einander gezogene Linien $AA_{1}$ und $BB_{1}$ an, wo die erstere als die Achse der $x$ und die letztere als die Achse der $y$ des sich so ergebenden Coordinatensystems angesehen werden kann, so sind von $m$ an gezählt die horizontalen Coordinaten der angeführten je vier Punkte:

$$+ x, + y; \quad + x, - y; \quad - x, + y; \quad - x, - y.$$

Das eben Gesagte gilt natürlich auch von den Volumenelementen.

Nimmt man den Observationsort $S$, dessen Höhe über der angenommenen Normalfläche wir $= H$ setzen wollen, als Anfangspunkt an, und sind in Bezug auf denselben $\alpha = SB$, und $\beta = SA$ die horizontalen Coordinaten von $m$; so können die Coordinaten eines beliebigen Volumenelementes des attrahirenden Körpers durch $\alpha + x, \beta + y, H + z$ dargestellt werden. Da nun ein Volumenelement $= dx \cdot dy \cdot dz$ ist, so ist die von diesem Körper auf $S$ in der Richtung der $x$ und $y$ ausgeübte Attraction, wenn sie den Achsen analog mit $X$ und $Y$ bezeichnet wird:

$$X = \iiint \frac{(\alpha + x) \cdot dx \cdot dy \cdot dz}{\left\{ (\alpha + x)^{2} + (\beta + y)^{2} + (H + z)^{2} \right\}^{\frac{3}{2}}},$$

$$Y = \iiint \frac{(\beta + y) \cdot dx \cdot dy \cdot dz}{\left\{ (\alpha + x)^{2} + (\beta + y)^{2} + (H + z)^{2} \right\}^{\frac{3}{2}}}.$$

Setzt man

$$\frac{\alpha + x}{\left\{ (\alpha + x)^{2} + (\beta + y)^{2} + (H + z)^{2} \right\}^{\frac{3}{2}}} = \varphi,$$

wo also $\varphi$ als eine Function von den Veränderlichen $x, y$ und $z$ anzusehen ist, so hat man:

$$X = \iiint \varphi \cdot dx \cdot dy \cdot dz.$$

Denkt man sich $\varphi$ blos nach $x$ und $y$ differenzirt, und die Differentialquotienten für die Werthe $x=0$ und $y=0$ genommen, so erhält man leicht, da für diese Werthe von $x$ und $y$

$$\varphi = \frac{\alpha}{\{\alpha^2 + \beta^2 + (H+z)^2\}^{\frac{3}{2}}}$$

wird:

$$X = \iiint \left\{ \frac{\alpha}{(\alpha^2 + \beta^2 + (H+z)^2)^{\frac{3}{2}}} + \frac{d\varphi}{dx}\cdot x + \frac{d\varphi}{dy}\cdot y + \frac{d^2\varphi}{dx^2}\cdot\frac{x^2}{2} + \frac{d^2\varphi}{dy^2}\cdot\frac{y^2}{2} + \frac{d^2\varphi}{dx.dy}\cdot xy + \frac{d^3\varphi}{dx^3}\cdot\frac{x^3}{2.3} + \right.$$
$$\left. + \frac{d^3\varphi}{dy^3}\cdot\frac{y^3}{2.3} + \ldots \right\} dx.dy.dz.$$

Wenn anstatt der Werthe der Attraction der einzelnen oben erwähnten vier Volumenelemente, das Mittel aus allen vieren genommen wird, so werden sich die mit ungeraden Potenzen von $x$ und $y$ multiplicirten Glieder heben, ohne dass der Werth des Integrals geändert wird.

Da man die Grundfläche der Untertheilungen beliebig klein construiren kann, so unterliegt es keinem Anstande $x$ und $y$, gegenüber $\alpha$ und $\beta$ so klein anzunehmen, dass die mit $x^2$ und $y^2$ und den noch höheren Potenzen dieser Grössen multiplicirten Glieder als unerheblich wegfallen können, und man erhält ganz einfach:

$$X = \iiint \frac{\alpha.dx.dy.dz}{\{\alpha^2 + \beta^2 + (H+z)^2\}^{\frac{3}{2}}},$$

und durch ähnliche Schlüsse

$$Y = \iiint \frac{\beta.dx.dy.dz}{\{\alpha^2 + \beta^2 + (H+z)^2\}^{\frac{3}{2}}}.$$

Da nun $\iint dx.\,dy = F$ ist, wo $F$ die constante Querschnittsfläche anzeigt, so erhält man, wenn noch die Integration nach $z$ in den Grenzen von $z = -h$ bis $z = 0$ durchgeführt wird:

$$X = \frac{\alpha F}{\alpha^2 + \beta^2}\left\{ \frac{h-H}{\sqrt{\alpha^2 + \beta^2 + (h-H)^2}} + \frac{H}{\sqrt{\alpha^2 + \beta^2 + H^2}} \right\},$$
$$Y = \frac{\beta F}{\alpha^2 + \beta^2}\left\{ \frac{h-H}{\sqrt{\alpha^2 + \beta^2 + (h-H)^2}} + \frac{H}{\sqrt{\alpha^2 + \beta^2 + H^2}} \right\},$$

welche Resultate noch auf das zu Anfang des Artikels I angeführte, unserem Zwecke entsprechende Coordinatensystem zu transformiren sind.

Bezeichnet man zu diesem Zwecke die in der Richtung der Achsen der $x$ und $y$ des letzteren Systems stattfindende Attraction mit $X'$ und $Y'$, die zu diesen Achsen parallelen Coordinaten des Punktes $m$ mit $a$ und $b$, und setzt das Azimuth der Achse der $x$ des ersteren Systems in Bezug auf dieses $= u$; so hat man:

$$X' = X \cos u - Y \sin u,$$
$$Y' = Y \cos u + X \sin u, \text{ und}$$
$$a = \alpha \cos u - \beta \sin u,$$
$$b = \beta \cos u + \alpha \sin u$$

Aus diesen vier und den vorhergehenden zwei Gleichungen ergibt sich nun:

$$12) \quad \begin{cases} X' = \dfrac{aF}{a^2+b^2}\left\{ \dfrac{h-H}{\sqrt{a^2+b^2+(h-H)^2}} + \dfrac{H}{\sqrt{a^2+b^2+H^2}} \right\}, \\[3mm] Y' = \dfrac{bF}{a^2+b^2}\left\{ \dfrac{h-H}{\sqrt{a^2+b^2+(h-H)^2}} + \dfrac{H}{\sqrt{a^2+b^2+H^2}} \right\}. \end{cases}$$

Unter Beobachtung des früher Gesagten bezüglich der Grundflächen, sind diese Gleichungen nur dann anzuwenden, wenn $h$ und $H$ bedeutende Werthe haben, z. B. wenn der Observationsort in der Nähe hoher und steiler Felswände gelegen ist.

Können jedoch diese Grössen gegenüber $\sqrt{a^2+b^2}$ als klein betrachtet werden, so kann man $(h-H)^2$ und $H^2$ in den Nennern vernachlässigen, und setzt man überdies noch $Fh=K$, wo $K$ den kubischen Inhalt der attrahirenden Untertheilung anzeigt, so übergehen die letzten Gleichungen in:

$$13) \quad \begin{cases} X' = \dfrac{aK}{(a^2+b^2)^{\frac{3}{2}}}, \\[3mm] Y' = \dfrac{bK}{(a^2+b^2)^{\frac{3}{2}}}, \end{cases}$$

welche Formeln in den geeigneten Fällen für die praktische Berechnung sehr bequem sind.

Es kann jedoch ein zweiter Observationsort $S_1$ zu $S$ so nahe gelegen sein, dass die horizontalen Coordinaten des Punktes $m$ irgend einer Untertheilung in den Coordinatensystemen beider Orte nur unbedeutend von einander verschieden sind. Wären nun dieselben in dem Systeme von $S_1$, $a_1$ und $b_1$ und setzt man $a_1 = a + \Delta a$ und $b_1 = b + \Delta b$, so erhält man durch Substitution dieser Werthe in die letzten Gleichungen und wenn die Entwicklung blos bis auf die erste Potenz von $\Delta a$ und $\Delta b$ vorgenommen wird:

$$X'' = \frac{aK}{(a^2+b^2)^{\frac{3}{2}}} - K\frac{(2a^2-b^2)\,\Delta a + 3ab\Delta b}{(a^2+b^2)^{\frac{5}{2}}},$$

$$Y'' = \frac{bK}{(a^2+b^2)^{\frac{3}{2}}} - K\frac{(2b^2-a^2)\,\Delta b + 3ab\Delta a}{(a^2+b^2)^{\frac{5}{2}}},$$

wo $X''$ und $Y''$ die von der genannten Untertheilung auf $S_1$ ausgeübte horizontale Attraction anzeigen.

Vergleicht man diese Ausdrücke mit 13), so sieht man, dass wenn $\Delta a$ und $\Delta b$ gegenüber $\sqrt{a^2+b^2}$ entsprechend kleine Werthe haben, die Unterschiede zwischen $X''$ und $X'$, dann $Y''$ und $Y'$ so gering werden können, dass man die einen Grössen für die andern nehmen kann.

Bei dem angegebenen Umstande gibt es demnach eine Grenze, von welcher angefangen die von einer Untertheilung auf zwei, mithin auch auf mehrere Observationsorte ausgeübte horizontale Attraction als gleich betrachtet werden kann.

Dieser Gegenstand wird später noch unter Berücksichtigung der sphärischen Gestalt der Erde besprochen werden, und bildet in Beziehung der am Schlusse des Artikels II erwähnten Berechnung von $D$ und $D\rho$ einen zweiten wichtigen Umstand.

Untertheilungen von symmetrischen horizontalen Querschnittsflächen, wie sie bei der Anwendung der oben angeführten Formeln erforderlich sind, wird man am besten construiren, wenn man ihre Grundflächen zu den Achsen des Coordinatensystems eines Observationsortes parallel abgrenzt. Auch ist es von Vortheil diese Abgrenzung wo möglich für die anderen Orte beizubehalten, weil sonst, bei verschiedenen Eintheilungen für die verschiedenen Orte, sich leicht ergeben könnte, dass die Fehler, welche bei der Abschätzung der Höhen der Untertheilungen unvermeidlich sind, im entgegengesetzten Sinne der Einwirkung begangen werden.

Man wird jedoch auf diese Art nicht bis in die nächste Umgebung eines Ortes gelangen können, weil sonst das Terrain in eine unendliche Anzahl unendlich kleiner Untertheilungen getheilt werden müsste. In einem solchen Falle wird es am vortheilhaftesten sein, nach Möglichkeit ein Gesetz aufzustellen, dem die Oberfläche der nächsten Umgebung des Observationsortes sich thunlichst anschliesst, wornach dann die Attraction berechnet werden kann. Besondere Vortheile ergeben sich, wenn die nächste Umgebung eines Observationsortes als eine Ebene betrachtet werden kann; denn bildet man innerhalb derselben um den Ort herum eine symmetrische Untertheilung so, dass die Projection des Schwerpunktes einer horizontalen Querschnittsfläche durch denselben geht, so ist die Attraction in jeder beliebigen horizontalen Richtung $= 0$. Fällt eine solche Ebene mit der gewählten Normalfläche zusammen, so ist die Höhe aller auf derselben gebildeten Untertheilungen $= 0$, mithin übt sie in ihrem ganzen Umfange auf den Observationsort keine Attraction aus.

Das anstossende Terrain wird dann entsprechend in Untertheilungen getheilt. Ist man aber dabei gezwungen im Anstosse mit einer solchen Ebene Untertheilungen zu bilden, die nicht symmetrisch sind, so müssen selbe um so kleiner sein, weil sich $\frac{d\varphi}{dx}.x$, $\frac{d\varphi}{dy}.y$, u. s. w. wie es früher vorausgesetzt wurde, nicht vollständig heben.

Zur Eintheilung des Terrains in Untertheilungen bedient man sich guter Specialkarten, auf welche die Observationsorte möglichst genau aufgetragen werden. Eine grosse Anzahl von Höhenbestimmungen ist, besonders für die nächste Umgebung der Observationsorte wesentlich, daher auch eine mehr detaillirte Aufnahme derselben mit Nivellement erforderlich.

## IV.

**Berechnung der Attraction eines von einer schiefen Ebene in der Art abgeschnittenen rechtwinkeligen Parallelepipeds, dass die durch das grösste Gefälle gelegte verticale Ebene parallel ist zu zwei Seitenflächen.**

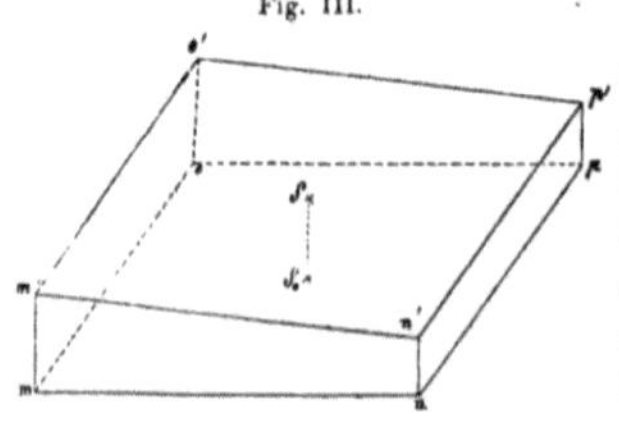


Es sei (Fig. III.) das rechtwinkelige Parallelogramm $m\,n\,o\,p$ die Grundfläche eines solchen rechtwinkeligen Parallelepipeds; $m'n'o'p'$ sei der schiefe in dem erwähnten Sinne geführte Schnitt, wo demnach $mm' = oo'$ und $nn' = pp'$ sein wird. Der von diesem Körper attrahirte Punkt $S$ sei auf der schiefen Ebene so gelegen, dass seine Projection $S_0$ auf die horizontale Ebene $m\,n\,o\,p$ in den Schwerpunkt derselben falle.

Nehmen wir vorläufig ein rechtwinkeliges Coordinatensystem mit dem Nullpunkte in $S$ so an, dass die Achsen der $x$ und $y$ parallel zur Grundfläche, die Achse der $x$ überdies parallel zu den Seitenflächen $mm'\,nn'$, dann $oo'\,pp'$, mithin die Achse der $z$ senkrecht auf die Grundfläche sei; so ist die in der Richtung der beiden horizontalen Achsen auf $S$ ausgeübte Attraction:

$$X = \iiint \frac{xdx.dy.dz}{(x^2+y^2+z^2)^{\frac{3}{2}}}$$

und

$$Y = \iiint \frac{ydx.dy.dz}{(x^2+y^2+z^2)^{\frac{3}{2}}}.$$

Integrirt man den Ausdruck für $Y$ nach den von einander abhängigen $z$ und $x$, so bleibt, da zwischen diesen Grössen und $y$ keine Relation besteht, noch ein Ausdruck von der Form $f(y^2)\,ydy$ zu integriren übrig. Da nun $\int f(y^2)\,ydy$ offenbar eine Function blos von $y^2$ sein kann, mithin in den Grenzen von $y = -y_1$ bis $y = +y_1$ gleich Null wird, wo $y_1 = \frac{1}{2}\,m\,o$, $= \frac{1}{2}\,n\,p$; so ist auch $Y = 0$, daher die Attraction in der Richtung der $y$ ebenfalls $= 0$. Es ist dies auch ganz natürlich, weil in der Richtung sowohl der positiven als auch der negativen $y$ dieselbe Attraction stattfindet. Es erübrigt also nur den Ausdruck für $X$ zu integriren. Thut man dies nach $z$ in den Grenzen von $z = z_1$ bis $z = h$, so ergibt sich:

$$X = \iint \frac{x.dx.dy.h}{(x^2+y^2)\,\sqrt{x^2+y^2+h^2}} - \iint \frac{x.dx.dy.z_1}{(x^2+y^2)\,\sqrt{x^2+y^2+z_1^2}}.$$

Betrachtet man in dieser Gleichung rechts das erste Glied, so sieht man, dass dieses Integrale eine Function blos von $x^2$ sein kann, mithin in den Grenzen von $x = -x_1$ bis $x = +x_1$ gleich Null wird, wo $x_1 = \frac{1}{2}\,mn = \frac{1}{2}\,o\,p$ ist.

Wir haben demnach blos zu berücksichtigen:

$$X = -\iint \frac{x.dx.dy.z_1}{(x^2+y^2)\,\sqrt{x^2+y^2+z_1^2}}.$$

Um die Integration nach $x$ vorzunehmen, muss $z_1$ durch $x$ ausgedrückt werden. Setzt man, da $z$ nach unten positiv, entgegengesetzt negativ, und $x$ in der Richtung der grössten Steigung positiv gezählt wird:

$$z_1 = -\,nx,$$

wo

$$n = \frac{mm' - nn'}{mn}$$

ist (siehe Fig. III), so hat man

$$X = \iint \frac{nx^2.dx.dy}{(x^2+y^2)\,\big((1+n^2)\,x^2 + y^2\big)^{\frac{3}{2}}},$$

wo $y$, wie schon erwähnt wurde, von $x$ unabhängig ist. Mit Hilfe des binomischen Lehrsatzes erhält man, wenn die Entwickelung nach den steigenden Potenzen von $(n^2)$ oder vielmehr von $(n^2\,x^2)$ vorgenommen wird:

$$\frac{1}{(x^2+y^2)\big((1+n^2)\,x^2 + y^2\big)^{\frac{3}{2}}} = \frac{1}{(x^2+y^2)^{\frac{3}{2}}} - \frac{1}{2}\cdot\frac{n^2 x^2}{(x^2+y^2)^{\frac{5}{2}}} + \frac{3}{8}\cdot\frac{n^4 x^4}{(x^2+y^2)^{\frac{7}{2}}} - \cdots$$

eben so erhält man:

$$\frac{1}{\left[\left(1 + \frac{n^2}{3}\right) x^2 + y^2\right]^{\frac{1}{2}}} = \frac{1}{(x^2+y^2)^{\frac{1}{2}}} - \frac{1}{2} \cdot \frac{n^2 x^2}{(x^2+y^2)^{\frac{3}{2}}} + \frac{15}{72} \cdot \frac{n^4 x^4}{(x^2+y^2)^{\frac{5}{2}}} - \ldots$$

Wird nun berücksichtiget, dass $n$ stets nur einen kleinen Werth hat, so wird man der hier nöthigen Genauigkeit unbeschadet den einen Ausdruck für den andern nehmen können, und man erhält dann sehr nahe:

$$X = n \left(\frac{3}{3 + n^2}\right)^{\frac{3}{2}} \iint \frac{\frac{3 + n^2}{3} \cdot x^2 \cdot \sqrt{\frac{3 + n^2}{3}} \cdot dx \cdot dy}{\left[\left(\frac{3 + n^2}{3}\right) x^2 + y^2\right]^{\frac{3}{2}}}$$

und wenn

$$x \sqrt{\frac{3 + n^2}{3}} = \xi,$$

mithin

$$\sqrt{\frac{3 + n^2}{3}} \cdot dx = d\xi$$

gesetzt wird:

$$X = n \left(\frac{3}{3 + n^2}\right)^{\frac{3}{2}} \iint \frac{\xi^2 \cdot d\xi \cdot dy}{(\xi^2 + y^2)^{\frac{3}{2}}}.$$

Nimmt man in diesem Ausdrucke zuerst die Integration nach $\xi$ in den Grenzen von $\xi = - \xi_1$ bis $\xi = + \xi_1$, wo $\xi_1 = \frac{\sqrt{3 + n^2}}{3} \cdot x_1$ ist; dann nach $y$ in den Grenzen von $y = - y_1$ bis $y = + y_1$; so erhält man:

$$X = 2n \left(\frac{3}{3 + n^2}\right)^{\frac{3}{2}} \cdot y_1 \cdot \log \frac{\sqrt{\xi_1^2 + y^2} + \xi_1}{\sqrt{\xi_1^2 + y^2} - \xi_1}.$$

Zur leichteren Berechnung kann man setzen:

$$\frac{\xi_1}{y_1} = \sqrt{\frac{3 + n^2}{3}} \cdot \frac{x_1}{y_1} = \operatorname{tang} v;$$

wo dann

$$X = 4n \left(\frac{3}{3 + n^2}\right)^{\frac{3}{2}} \cdot y_1 \cdot \log \operatorname{tang} \left(45^0 + \frac{1}{2} v\right)$$

wird.

Setzt man das Azimuth der dem grössten Gefälle parallelen Achse der $x$ dieses Systems $= u$, und bezeichnet die in der Richtung des Meridians und senkrecht darauf wirkende horizontale Attraction mit $X'$ und $Y'$; so erhält man:

$$14) \quad \begin{cases} X' = 4n \left(\dfrac{3}{3 + n^2}\right)^{\frac{3}{2}} \cos u \cdot y_1 \log \operatorname{tang} \left(45^0 + \dfrac{1}{2} v\right), \\[2ex] Y' = 4n \left(\dfrac{3}{3 + n^2}\right)^{\frac{3}{2}} \sin u \cdot y_1 \log \operatorname{tang} \left(45^0 + \dfrac{1}{2} v\right). \end{cases}$$

Da sowohl hier, als auch in dem Folgenden bei allen algebraischen Ausdrücken und Functionen stets nur natürliche Logarithmen gemeint sind, so muss bei numerischen Berechnungen der Brigg. Log. noch mit 2,3025851 multiplicirt werden, um das richtige Resultat zu erhalten. Brigg. Log dieser Zahl $= 0,3622157$.

# V.

**Berechnung der Attraction eines Berges, wenn der attrahirte Punkt auf einer beliebigen Stelle seiner Oberfläche gelegen ist, und bei der Voraussetzung, dass der Berg eine arrondirte Form habe.**

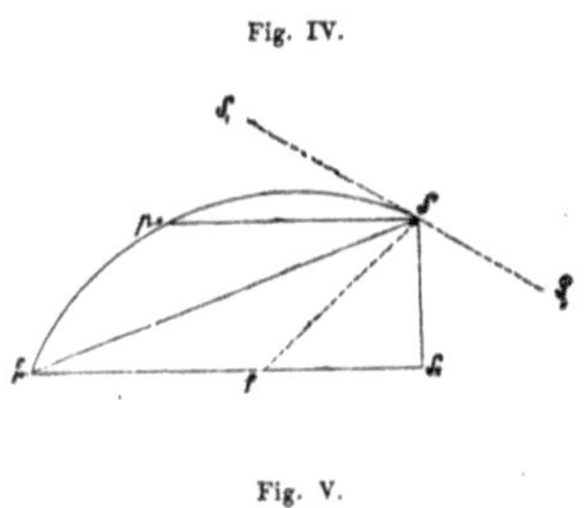

Fig. IV.

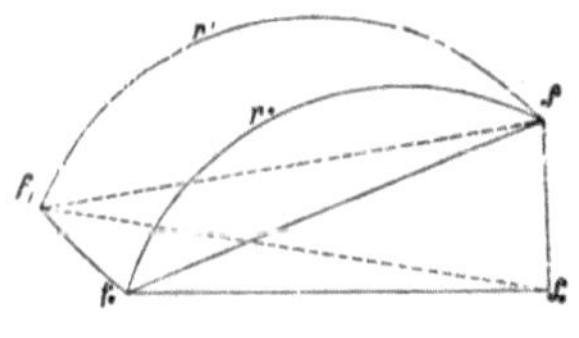

Fig. V.

Es sei $SS_0 f_0 p_0$ (Fig. IV) ein Theil eines Kreissegments, der grösser oder kleiner sein kann, als die Hälfte desselben; $SS_0$ sei senkrecht auf den Theil $S_0 f f_0$ seiner Sehne. Zeigt nun $SS_0 S_{,,}$ die Tangente des Kreisbogens in $S$ an, so wird der Winkel $S_0 SS_{,} \lessgtr 90^\circ$, je nachdem $SS_0 f_0 p_0$ grösser oder kleiner als die Hälfte des Segmentes ist.

Wir wollen für die Folge den Winkel $S_0 SS_{,}$ mit $v_{,,}$ und den Winkel $S_0 Sf_0$ mit $v_{,}$ bezeichnen, so dass $(v_{,,} - v_{,})$ einen Winkel vorstellt, welcher der Hälfte des Kreisbogens $Sp_0 f_0$ entspricht:

Dreht man nun diesen Theil des Segmentes um die Gerade $SS_0$, so entsteht ein Körper $f_0 p_0 SS_0 f_{,} p_{,}$ (Fig. V.), der als Ausschnitt eines Berges betrachtet, und dessen Attraction, die er auf den in $S$ angenommenen Observationsort ausübt, berechnet werden soll. Ist $SS_0$ parallel zur Richtung der Normale der Erdoberfläche in $S$, so wird, nach dem hier allgemein geltenden Coordinaten-Systeme, $SS_0$ mit der Achse der $z$ zusammenfallen, und $S_0 f_0 f_{,}$ parallel zur Ebene der $x\,y$ sein.

Führt man Polar-Coordinaten ein, indem man setzt:

$$x = r \sin v \cos u,$$
$$y = r \sin v \sin u,$$
$$z = r \cos v;$$

so zeigt $r$ den Radius an, der den als Nullpunkt angenommenen Observationsort $S$ mit einem Elemente $p$ des in Rede stehenden attrahirenden Körpers verbindet; $v$ ist der Winkel, den der Radius mit der Achse der $z$, und $u$ der Winkel, den die durch $r$ gelegte senkrechte Ebene mit der Meridianebene von $S$, mithin mit der Achse der $x$ bildet; wornach also $u$ ein Azimuth vorstellt. In welchem Sinne diese Winkel zu zählen sind, ergibt sich aus der positiven und negativen Richtung der Achsen.

Der kubische Inhalt oder die Masse des Elementes $p$ wird demnach sein:

$$r^2 \, du \, . \, \sin v \, . \, dv \, . \, dr$$

und die auf $S$ in der Richtung der beiden horizontalen Achsen ausgeübte Attraction, wenn solche analog mit $X$ und $Y$ bezeichnet wird:

$$X = \iiint \frac{xr^2\,du.\sin v\,.\,dv\,.\,dr}{(x^2+y^2+z^2)^{\frac{3}{2}}},$$

$$Y = \iiint \frac{yr^2\,du.\sin v\,.\,dv\,.\,dr}{(x^2+y^2+z^2)^{\frac{3}{2}}},$$

wenn Polar-Coordinaten eingeführt werden:

$$X = \iiint \cos u \,.\, du \,.\, \sin^2 v \,.\, dv \,.\, dr$$

$$Y = \iiint \sin u \,.\, du \,.\, \sin^2 v \,.\, dv \,.\, dr$$

und wenn die Integration nach $r$ in den Grenzen von $r=0$ bis $r=r_{,}$, wo nämlich der Radius eine der Flächen, die den Körper begrenzen, trifft, vorgenommen wird, während man $v$ und $u$ als constant betrachtet:

$$15)\qquad \begin{cases} X = \iint r_{,}\cos u \,.\, du \,.\, \sin^2 v \,.\, dv, \\[2mm] Y = \iint r_{,}\sin u \,.\, du \,.\, \sin^2 v \,.\, dv. \end{cases}$$

Bei der ferneren Integration nach $v_{,}$ wo $u$ als constant betrachtet wird, muss offenbar $r_{,}$ durch $v$ ausgedrückt werden. Da jedoch $r_{,}$ in dem Falle, in welchem der Radius die ebene Grundfläche in $f$ trifft (Fig. IV) eine andere Function von $v$ ist, als wenn er die Kugelfläche in $p$ trifft; so muss sowohl die Attraction des Kegelausschnittes $SS_0f_0f_{,}$ (Fig. V) als auch die des überbliebenen von der Kugeloberfläche begrenzten Körpers $Sf_0p_0f_{,}p_{,}$ jede für sich abgesondert berechnet werden. Für den von der Kugeloberfläche abgegrenzten Körper ist, wenn (Fig. IV) der Winkel $S_0\,Sp_0 = v$ gesetzt wird,

$$16)\qquad \begin{aligned} Sp_0 &= r_{,} = 2a \sin (v_{,,}-v), \\ r_{,} &= 2a\,(\sin v_{,,} \cos v - \cos v_{,,} \sin v), \end{aligned}$$

wo $a$ den Halbmesser des Kreisbogens $Sp_0f_0$ anzeigt. Substituirt man diesen Werth in die Gleichungen 15), bezeichnet die in der Richtung der analogen horizontalen Achsen wirkende Attraction dieses Körpers mit $X_{,}$ und $Y_{,}$ und nimmt die Integration in den Grenzen von $v=v_{,}$ bis $v=v_{,,}$ vor; so erhält man:

$$17)\quad \begin{cases} X_{,} = \int 2a \left\{ \sin v_{,,}\left(\frac{\sin^3 v_{,,}}{3} - \frac{\sin^3 v_{,}}{3}\right) + \cos v_{,,}\left[\frac{\cos^3 v_{,}}{3} - \frac{\cos^3 v_{,,}}{3} - \left(\cos v_{,} - \cos v_{,,}\right)\right]\right\} \cos u\,.\,du, \\[3mm] Y_{,} = \int 2a \left\{ \sin v_{,,}\left(\frac{\sin^3 v_{,,}}{3} - \frac{\sin^3 v_{,}}{3}\right) + \cos v_{,,}\left[\frac{\cos^3 v_{,}}{3} - \frac{\cos^3 v_{,,}}{3} - \left(\cos v_{,} - \cos v_{,,}\right)\right]\right\} \sin u\,.\,du. \end{cases}$$

Für den Kegelausschnitt ist (Fig. IV) $r_{,} = Sf$ und setzt man $SS_0 = h$, so ist:

$$18)\qquad r_{,} = \frac{h}{\cos v},$$

indem der Winkel $S_0 Sf$ mit $v$ bezeichnet wird. Substituirt man diesen Werth für $r_{,}$ in die Gleichungen 15), bezeichnet die in denselben Richtungen wie beim vorigen Körper wirkende Attraction mit $X_{,,}$ und $Y_{,,}$ und nimmt die Integration in den Grenzen von $v = 0$ bis $v = v_{,}$ vor, so erhält man:

$$19) \quad \begin{aligned} X_{,,} &= \int h \left\{ \log \operatorname{tang} \left( 45^\circ + \frac{1}{2} v_{,} \right) - \sin v_{,} \right\} \cos u \,.\, du, \\ Y_{,,} &= \int h \left\{ \log \operatorname{tang} \left( 45^\circ + \frac{1}{2} v_{,} \right) - \sin v_{,} \right\} \sin u \,.\, du. \end{aligned}$$

Die Ausdrücke 17) und 19) geben die Attraction nur bis auf den Fuss des Berges. Da jedoch die Unterlage desselben vom Fusse an bis zu der angenommenen Normalfläche ebenfalls eine Attraction auf den Observationsort ausübt; so wird man bei der Berechnung dieser letzteren am besten zum Ziele gelangen, wenn man sich durch die Seitenflächen des Bergausschnittes $SS_0 f_0 p_0$ und $SS_0 f_{,} p_{,}$ (Fig. V) zwei Ebenen und durch die Punkte $f_0$ und $f_{,}$ eine Cylinderfläche so gelegt denkt, dass die Achse der letzteren mit $SS_0$ zusammenfällt. Hierdurch entsteht ein Körper $S_0 f_0 f_{,} \varphi_{,} \varphi_0 \sigma$ (Fig. VI), der, von diesen drei Flächen, dann von der angenommenen Normale $\sigma \varphi_0 \varphi_{,}$ und der Grundfläche $S_0 f_0 f_{,}$ des Bergausschnittes begrenzt, offenbar ein Cylinderausschnitt ist, und die Unterlage des Bergausschnittes bildet, dessen Attraction berechnet werden soll.

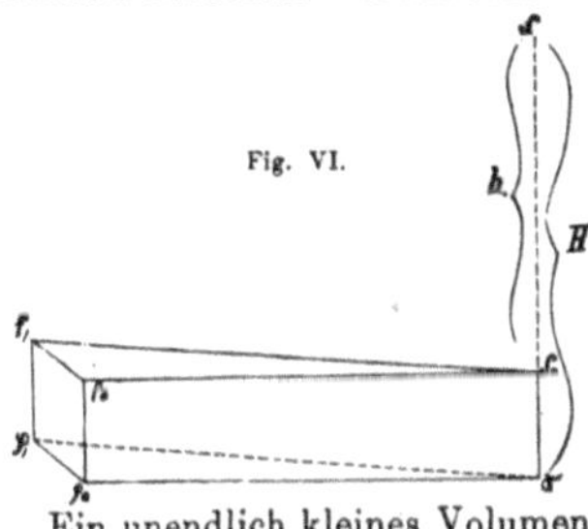


Ist $S$ wieder der Observationsort, so fällt $SS_0 \sigma$ mit der Achse der $z$ zusammen, und $SS_0$ ist $= h$, wo $h$ den vorigen Werth hat, hingegen $H$ die Höhe von $S$ über der Normalfläche anzeigt.

Nimmt man einen Radius $\varepsilon$ an, der senkrecht auf $SS_0 \sigma$ um diese Verticale, dem Azimuth $u$ entsprechend sich bewegt, so hat man nach unserem Coordinatensysteme:

$$x = \varepsilon \cos u \quad , \quad y = \varepsilon \sin u.$$

Ein unendlich kleines Volumenelement ist dann:

$$\varepsilon \, du \,.\, d\varepsilon \,.\, dz;$$

mithin die Attraction des Cylinderausschnittes in den entsprechenden Richtungen, wenn selbe den Achsen analog mit $X_{,,,}$ und $Y_{,,,}$ bezeichnet wird:

$$X_{,,,} = \iiint \frac{x \,.\, \varepsilon \, du \,.\, d\varepsilon \,.\, dz}{(x^2 + y^2 + z^2)^{\frac{3}{2}}},$$

$$Y_{,,,} = \iiint \frac{y \,.\, \varepsilon \, du \,.\, d\varepsilon \,.\, dz}{(x^2 + y^2 + z^2)^{\frac{3}{2}}},$$

und wenn für $x$ und $y$ die oberen Werthe substituirt werden:

$$20) \quad \left\{ \begin{aligned} X_{,,,} &= \iiint \frac{\cos u \,.\, du \,.\, dz \,.\, \varepsilon^2 \, d\varepsilon}{(\varepsilon^2 + z^2)^{\frac{3}{2}}}, \\ Y_{,,,} &= \iiint \frac{\sin u \,.\, du \,.\, dz \,.\, \varepsilon^2 \, d\varepsilon}{(\varepsilon^2 + z^2)^{\frac{3}{2}}}. \end{aligned} \right.$$

18                                   *Eduard Pechmann.*

Integrirt man diese Ausdrücke nach $z$ in den Grenzen von $z = h$ bis $z = H$, während $\varepsilon$ und $u$ als constant betrachtet werden, so erhält man:

$$X_{,,,} = \iint \frac{H \cos u \,.\, du \,.\, d\varepsilon}{\sqrt{\varepsilon^2 + H^2}} - \iint \frac{h \cos u \,.\, du \,.\, d\varepsilon}{\sqrt{\varepsilon^2 + h^2}},$$

$$Y_{,,,} = \iint \frac{H \sin u \,.\, du \,.\, d\varepsilon}{\sqrt{\varepsilon^2 + H^2}} - \iint \frac{h \sin u \,.\, du \,.\, d\varepsilon}{\sqrt{\varepsilon^2 + h^2}}.$$

Um den Werth des ferneren Integrals nach $\varepsilon$ in den Grenzen von $\varepsilon = 0$ bis $\varepsilon = e$, während $u$ als constant betrachtet wird, zu erhalten, setze man rechts für das erste Glied $\frac{\varepsilon}{H} = \tan g\, V$, mithin $d\varepsilon = \frac{Hd\,V}{\cos^2 V}$ und für das zweite Glied $\frac{\varepsilon}{h} = \tan g\, v$, mithin $d\varepsilon = \frac{hd\,v}{\cos^2 v}$. Ist dann, wenn $\varepsilon = e$ wird, $\frac{e}{H} = \tan g\, V$, und $\frac{e}{h} = \tan g\, v_{,}$, so ist, da für $e = 0$ auch $V = v = 0$ wird, das Integral des ersten Gliedes in den Grenzen von $V = 0$ bis $V = V_{,}$ und das des zweiten Gliedes in den Grenzen von $v = 0$ bis $v = v_{,}$ zu nehmen, und man hat:

$$21) \quad \begin{cases} X_{,,,} = \int H \,.\, \log \tan g \left( 45^{\circ} + \frac{1}{2}\, V_{,} \right) \cos u \,.\, du - \int h \log \tan g \left( 45^{\circ} + \frac{1}{2}\, v_{,} \right) \cos u \,.\, du, \\[2ex] Y_{,,,} = \int H \,.\, \log \tan g \left( 45^{\circ} + \frac{1}{2}\, V_{,} \right) \sin u \,.\, du - \int h \log \tan g \left( 45^{\circ} + \frac{1}{2}\, v_{,} \right) \sin u \,.\, du; \end{cases}$$

$e$ ist hier offenbar $= S_0 f_0 = S_0 f_{,}$ (siehe Fig. V und VI).

Bei der nun folgenden Integration der Gleichungen 17), 19), 21), nach $u$ ist zu berücksichtigen, dass die sämmtlichen daselbst vorkommenden Grössen als unabhängig von $u$ zu betrachten sind. Bedenkt man ferner, dass in den Grenzen von $u = u_{,}$ bis $u = u_{,,}$

$$\int \cos u \, du = 2 \cos \frac{1}{2}\, (u_{,,} + u_{,}) \sin \frac{1}{2}\, (u_{,,} - u_{,})$$

$$\int \sin u \, du = 2 \sin \frac{1}{2}\, (u_{,,} + u_{,}) \sin \frac{1}{2}\, (u_{,,} - u_{,})$$

ist, und substituirt überdies in 17) für $a$ den aus 16) und 18) sich ergebenden Werth $\frac{h}{2 \cos v_{,} \sin (v_{,,} - v_{,})}$, wenn daselbst $v = v_{,}$ gesetzt wird; so erhält man bei der Zusammenziehung von je drei Gleichungen, so dass

$$X_{,} + X_{,,} + X_{,,,} = X_{4},$$
$$Y_{,} + Y_{,,} + Y_{,,,} = Y_{4}$$

genommen wird:

$$22) \quad \begin{cases} X_{4} = 2 \cos \frac{1}{2}(u_{,,} + u_{,}) \sin \frac{1}{2}(u_{,,} - u_{,}) \left\{ h \left[ \sin v_{,,} M + \cos v_{,,} \left( N - \frac{\sin \frac{1}{2}(v_{,,} + v_{,})}{\cos v_{,} \cos \frac{1}{2}(v_{,,} - v_{,})} \right) - \sin v_{,} \right] \right. \\[2ex] \qquad\qquad\qquad\qquad\qquad\qquad\qquad\qquad\qquad \left. + \, H \log \tan g \left( 45^{\circ} + \frac{1}{2}\, V_{,} \right) \right\} \\[3ex] Y_{4} = 2 \sin \frac{1}{2}(u_{,,} + u_{,}) \sin \frac{1}{2}(u_{,,} - u_{,}) \left\{ h \left[ \sin v_{,,} M + \cos v_{,,} \left( N - \frac{\sin \frac{1}{2}(v_{,,} + v_{,})}{\cos v_{,} \cos \frac{1}{2}(v_{,,} - v_{,})} \right) - \sin v_{,} \right] \right. \\[2ex] \qquad\qquad\qquad\qquad\qquad\qquad\qquad\qquad\qquad \left. + \, H \log \tan g \left( 45^{\circ} + \frac{1}{2}\, V_{,} \right) \right\} \end{cases}$$

wo der Kürze halber

$$M = \frac{1}{3} \cdot \frac{\left[3 \sin^2 \tfrac{1}{2}(v_{,,}+v_{,}) \cos^2 \tfrac{1}{2}(v_{,,}-v_{,}) + \cos^2 \tfrac{1}{2}(v_{,,}+v_{,}) \sin^2 \tfrac{1}{2}(v_{,,}-v_{,})\right] \cos \tfrac{1}{2}(v_{,,}+v_{,})}{\cos v_{,} \cos \tfrac{1}{2}(v_{,,}-v_{,})}$$

$$N = \frac{1}{3} \cdot \frac{\left[3 \cos^2 \tfrac{1}{2}(v_{,,}+v_{,}) \cos^2 \tfrac{1}{2}(v_{,,}-v_{,}) + \sin^2 \tfrac{1}{2}(v_{,,}+v_{,}) \sin^2 \tfrac{1}{2}(v_{,,}-v_{,})\right] \sin \tfrac{1}{2}(v_{,,}+v_{,})}{\cos v_{,} \cos \tfrac{1}{2}(v_{,,}-v_{,})}$$

gesetzt wurde.

$X_{,}$ und $Y_{,}$ sind daher die Werthe der von dem ganzen bis auf die Normalfläche reichenden Bergausschnitte in der Richtung der analogen Achsen ausgeübten Attraction.

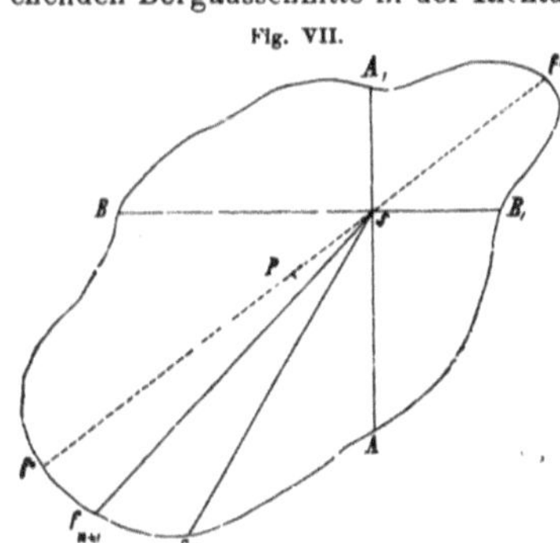

Fig. VII.

Es sei nun ferner (Fig. VII) $Af_{,}f_{n+1}f^0 BA_{,}f^{\prime} B_{,}$ die Projection des Bergumfanges am Fusse desselben auf die angenommene Normalfläche; $S$ sei die Projection des Observationsortes, $ASA_{,}$ und $BSB_{,}$ die der Achsen der $x$ und $y$ nach dem hier allgemein giltigen Coordinatensysteme.

Stellt nun $f_{n} Sf_{n+1}$ die Projection eines Bergausschnittes vor, so ist natürlich:

$$u_{,,} = A Sf_{n+1},$$
$$u_{,} = A Sf_{n},$$
$$e = \frac{Sf_{n} + Sf_{n+1}}{2};$$

zeigt ferner $m_0$ die Höhe der angenommenen Normalfläche über der Meeresfläche an, und sind $m$, $m_{n}$, $m_{n+1}$ die dem Observationsorte $S$ dann den Fusspunkten $f_{n}, f_{n+1}$ entsprechenden Höhen über der Meeresfläche, so hat man:

$$H = m - m_0$$
$$h = m - \frac{m_{n} + m_{n+1}}{2}.$$

Daraus erhält man, wie schon oben angeführt wurde, die Werthe von $V_{,}$ und $v_{,,}$ indem man setzt:

23)
$$\tan V_{,} = \frac{e}{H} \text{ und}$$
$$\tan v_{,} = \frac{e}{h}.$$

Denkt man sich eine die krumme Oberfläche des Berges in dem Observationsorte $S$ tangirende Ebene, und legt durch denselben eine auf die angenommene Normalfläche senkrechte Ebene, deren Azimuth von der Achse der $x$, mithin von $A$ an, gezählt $= u$ ist, so wird der Schnitt dieser beiden Ebenen offenbar eine Tangente der krummen Oberfläche des Berges sein, und das Gefälle $o$ der tangirenden Ebene in der dem Azimuth $u$ entsprechenden Richtung anzeigen, wornach also $o$ derjenige Winkel ist, den die betreffende Tangente mit der Normalfläche bildet.

Bezeichnet man die Werthe von $o$ und $u$, wenn $o$ die grösste Steigung, also den grössten positiven Werth erlangt, mit $O$ und $U$, so ergibt sich nach einer einfachen Herleitung:

$$\tan o = \cos(u-U) \tan O,$$

wo $o$ positiv oder negativ ausfällt, je nachdem das Gefälle eine Steigung oder Senkung in sich begreift.

Für den Bergausschnitt $f_n S f_{n+1}$ erhält man, wenn anstatt $u$ der Werth $\frac{1}{2}\,(u, + u_{,,})$ gesetzt wird:

$$24) \qquad \tan g \, o = \cos\left(\frac{1}{2}\,(u, + u_{,,}) - U\right) \tan g \, O,$$

und

$$25) \qquad v_{,,} = 90 + o.$$

Es fehlen daher nur noch die Werthe von $O$ und $U$, um die numerische Berechnung der Formeln 22) vornehmen zu können. Zur Bestimmung dieser beiden Grössen wird hier blos die Kenntniss der horizontalen Lage des höchsten Punktes $P$ der Bergoberfläche (Fig VII) und des auf derselben befindlichen Observationsortes $S$ nebst seiner Höhe vorausgesetzt, und angenommen, dass die grösste Steigung in der Richtung vom letzteren auf den ersteren stattfinde. Führt man daher durch diese zwei Punkte mittelst einer auf die Normalfläche senkrechten Ebene den Schnitt $f^0 P S f'$, so ist das der grössten Steigung entsprechende Azimuth $U = A S P = A S f^0$.

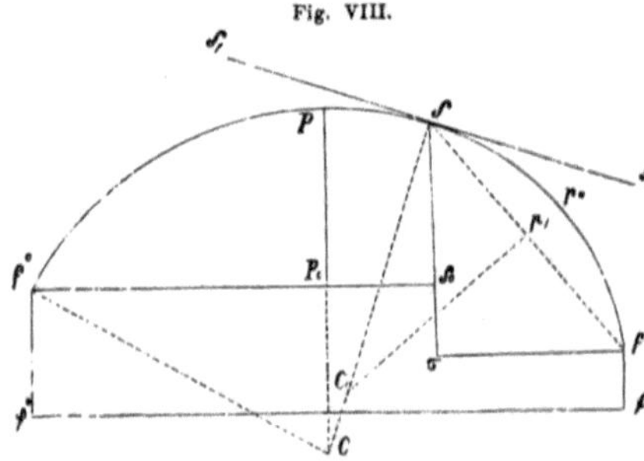

Fig. VIII.

Das durch den eben erwähnten Schnitt entstehende Profil des Berges ist in (Fig. VIII) dargestellt. $\varphi^0 \varphi'$ ist der Schnitt der senkrechten Ebene mit der Normalfläche; $f^0$ und $f'$ sind dieselben Fusspunkte wie in (Fig. VII); $f^0 P_0 S_0$ und $f' \sigma$ sind parallel zu $\varphi^0 \varphi'$; $P P_0$ und $S S_0 \sigma$ sind senkrecht darauf, mithin auch senkrecht auf $f^0 P_0 S_0$ und $f' \sigma$; $\varphi^0 f^0 P_0 S_0 \sigma f' \varphi'$ ist das Profil der früher erwähnten Unterlage des Berges; endlich stellen die Kreisbögen $f^0 P S$ und $S p_0 f'$ den Schnitt vor, den die verticale Ebene mit der krummen Oberfläche des Berges bildet. Ist das Centrum von $f^0 P S$ in $C$, so ist das Centrum von $S p_0 f'$ in dem Schnitte $C$, den der aus der Mitte $p$, der Chorde $S p, f'$ errichtete Perpendickel $p, C$, mit dem Radius $C C, S$ bildet. Eine durch $S$ senkrecht auf $S C, C$ gezogene Gerade $S, S S_{,,}$ tangirt beide Kreisbögen in diesem ihren gemeinschaftlichen Punkte. Werden $S, S S_{,,}$ und $\varphi^0 \varphi'$ so weit verlängert, bis sie sich schneiden, so ist der von ihnen eingeschlossene Winkel $= O$, mithin

$$O = PCS.$$

Setzt man nun $f^0 P_0 = L$, $S_0 P_0 = l$, Werthe, welche in Folge der bekannten Lage von $S$ und $P$ ebenfalls als bekannt vorausgesetzt werden können; ferner die Höhe von $S$ über der Horizontalen $f^0 P_0 S_0$ nämlich $S S_0 = \gamma$; endlich $P C f^0 = w$ und den Halbmesser $C f^0 = C P = C S = \alpha$; so erhält man:

$$\alpha \cos O - \alpha \cos w = \gamma$$
$$\alpha \sin w = L$$
$$\alpha \sin O = l$$

und durch ein entsprechendes Verfahren mit diesen Gleichungen auch:

$$\operatorname{tang}\frac{1}{2}(w - O) = \frac{\gamma}{L + l},$$

$$\operatorname{tang}\frac{1}{2}(w + O) = \frac{\gamma}{L - l}.$$

Da nun

$$O = \frac{1}{2}(w + O) - \frac{1}{2}(w - O)$$

ist, so ist nebst dem schon bekannten Werthe von $U$ auch $O$ bekannt, so dass es keinem Anstande unterliegt, endlich auch die Werthe von $o$ und $v_{,,}$ nach 24) und 25) zu bestimmen. Um die Attraction des ganzen Berges zu erhalten, theilt man (Fig. VII) mittelst durch $S$ unter gleichen Winkeln, senkrecht auf die Normale gelegten Ebenen den Berg in der ganzen Peripherie, von $A$ angefangen, in die nöthige Anzahl gleicher Ausschnitte. Die Summe der Attraction dieser letzteren gibt dann die Attraction des Berges selbst.

24 bis 36 solcher Ausschnitte werden hinreichend sein.

Sollte sich der Fall ereignen, dass für einen oder mehrere Ausschnitte $v_{,,} < v_{,}$ zum Vorschein kommt, so ist das ein Zeichen, dass die krumme Oberfläche solcher Ausschnitte als concav zu betrachten sei. Die Formeln 22) geben auch für diesen Fall richtige Werthe.

Befindet sich der Observationsort auf der höchsten Stelle des Berges, so fällt $S$ mit $P$ zusammen (Fig. VIII), wo dann offenbar $P_0 S_0 = l = 0$ ist, und nach den zuletzt angeführten Gleichungen ergibt sich dann:

$$\operatorname{tang}\frac{1}{2}(w - O) = \frac{\gamma}{L},$$

und

$$\operatorname{tang}\frac{1}{2}(w + O) = \frac{\gamma}{L},$$

mithin

$$\frac{1}{2}(w + O) = \frac{1}{2}(w - O)$$

und

$$O = 0,$$

womit man aus 24) und 25)

$$o = 0$$

$$v_{,,} = 90^0$$

erhält.

Setzt man diesen Werth von $v_{,,}$ in die Gleichungen 22) und bedenkt, dass

$$\cos v_{,} = \sin(90 + v_{,}) = 2\sin\left(45^0 + \frac{1}{2}v_{,}\right)\cos\left(45^0 + \frac{1}{2}v_{,}\right)$$

und

$$-\sin v_{,} = \cos(90 + v_{,}) = \cos^2\left(45^0 + \frac{1}{2}v_{,}\right) - \sin^2\left(45^0 + \frac{1}{2}v_{,}\right)$$

ist; so erhält man schliesslich:

$$26)\begin{cases} X_4 = 2\cos\tfrac{1}{2}(u_{,,}+u_{,})\sin\tfrac{1}{2}(u_{,,}-u_{,})\Big\{ H.\log\tan\Big(45^0+\tfrac{1}{2}V_{,}\Big) - h\Big[\tfrac{1}{2} - \tfrac{3}{2}\cos^2\Big(45^0+\tfrac{1}{2}v_{,}\Big)\Big] + \\ \qquad\qquad\qquad\qquad\qquad\qquad\qquad + \dfrac{h}{6}\cos^2\Big(45^0+\tfrac{1}{2}v_{,}\Big)\cot^2\Big(45^0+\tfrac{1}{2}v_{,}\Big)\Big\} \\[2ex] Y_4 = 2\sin\tfrac{1}{2}(u_{,,}+u_{,})\sin\tfrac{1}{2}(u_{,,}-u_{,})\Big\{ H.\log\tan\Big(45^0+\tfrac{1}{2}V_{,}\Big) - h\Big[\tfrac{1}{2} - \tfrac{3}{2}\cos^2\Big(45^0+\tfrac{1}{2}v_{,}\Big)\Big] + \\ \qquad\qquad\qquad\qquad\qquad\qquad\qquad + \dfrac{h}{6}\cos^2\Big(45^0+\tfrac{1}{2}v_{,}\Big)\cot^2\Big(45^0+\tfrac{1}{2}v_{,}\Big)\Big\} \end{cases}$$

als diejenigen Gleichungen, welche dem Falle, wenn sich der Observationsort auf der höchsten Stelle des Berges befindet, entsprechen.

Die Gleichung $\dfrac{e}{h} = \tan v_{,}$ wird für $v_{,}$ einen Werth geben, der selten unter $70^0$ ist; demnach wird das Glied $\dfrac{h}{6}\cos^2\Big(45^0 + \dfrac{1}{2}v_{,}\Big)\cot^2\Big(45^0 + \dfrac{1}{2}v_{,}\Big)$ einen so geringen Werth erhalten, dass es bei der hier nöthigen Genauigkeit in den meisten Fällen wird weggelassen werden können, wodurch diese Formeln zur Berechnung eine bequeme Form erhalten.

# VI.

### Berechnung der Attraction für die nächste Umgebung eines Observationsortes, wenn diese so unregelmässig ist, dass man die obere Fläche derselben keinem Gesetze unterwerfen kann.

In einem solchen Falle wird es am zweckmässigsten sein, zuerst auf ähnliche Art, wie es bei der Unterlage eines Berges im vorigen Artikel geschehen ist, das Terrain in der ganzen Peripherie mittelst durch den Observationsort unter gleichen Winkeln senkrecht auf die Normalfläche gelegten Ebenen in die entsprechende Anzahl Theile zu theilen, und dann diese Ebenen mit concentrischen Cylinderflächen von verschiedenen Halbmessern in der Art zu schneiden, dass ihre gemeinschaftliche Achse mit dem gemeinschaftlichen Schnitte der verticalen Ebenen zusammenfällt.

Schätzt man hierauf die Höhen der sich so ergebenden Untertheilungen in der Art ab, dass man ihre oberen Flächen als horizontale Ebenen betrachten kann, so werden diese Untertheilungen hohle Cylinder- oder eigentlich Röhrenausschnitte bilden, deren Attraction nun zu berechnen sein wird.

Es ist augenscheinlich, dass man zu diesem Zwecke nur die Ausdrücke 20) des vorigen Artikels in den entsprechenden Grenzen zu integriren braucht.

Nehmen wir zur Vereinfachung noch an, dass der Observationsort im Niveau entweder der oberen oder der unteren horizontalen Fläche der Untertheilung sich befinde, so ist im ersten Falle das Integrale nach $z$ in den Grenzen von $z = 0$ bis $z = h$, und im zweiten Falle in den Grenzen von $z = -h$ bis $z = 0$ zu nehmen, wenn $h$ die Höhe der Untertheilung anzeigt. In beiden Fällen erhält man jedoch, wenn mit $X$ und $Y$ die horizontale Attraction in der Richtung der analogen Achsen bezeichnet wird:

$$X = \iint \frac{h\cos u\,.\,du\,.\,d\varepsilon}{\sqrt{\varepsilon^2 + h^2}},$$

$$Y = \iint \frac{h\sin u\,.\,du\,.\,d\varepsilon}{\sqrt{\varepsilon^2 + h^2}}.$$

Die fernere Integration nach $\varepsilon$ muss selbstverständlich, wenn $\varepsilon_{,,}$ und $\varepsilon_{,}$ die Halbmesser der einschliessenden und eingeschlossenen Cylinderfläche anzeigen, in den Grenzen von $\varepsilon = \varepsilon_{,}$ bis $\varepsilon = \varepsilon_{,,}$ genommen werden, und setzt man hier $\frac{\varepsilon}{h} = \mathrm{tang}\, w$, mithin $d\varepsilon = \dfrac{h\, dw}{\cos^2 w}$, so wird das Integrale nach $w$, wenn $\frac{\varepsilon_{,}}{h} = \mathrm{tang}\, w_{,}$ und $\frac{\varepsilon_{,,}}{h} = \mathrm{tang}\, w_{,,}$ gesetzt wird, in den Grenzen von $w = w_{,}$ bis $w = w_{,,}$ genommen werden müssen. Thut man dies, und integrirt ferner nach $u$ in den Grenzen von $u = u_{,}$ bis $u = u_{,,}$, so erhält man schliesslich, da hier alle drei Veränderliche von einander unabhängig sind:

$$
27)\quad
\begin{cases}
X = 2 \cos \dfrac{1}{2}(u_{,,} + u_{,}) \sin \dfrac{1}{2}(u_{,,} - u_{,})\, h \log \dfrac{\mathrm{tang}\left(45^\circ + \frac{1}{2} w_{,,}\right)}{\mathrm{tang}\left(45^\circ + \frac{1}{2} w_{,}\right)}, \\[3ex]
Y = 2 \sin \dfrac{1}{2}(u_{,,} + u_{,}) \sin \dfrac{1}{2}(u_{,,} - u_{,})\, h \log \dfrac{\mathrm{tang}\left(45^\circ + \frac{1}{2} w_{,,}\right)}{\mathrm{tang}\left(45^\circ + \frac{1}{2} w_{,}\right)}.
\end{cases}
$$

Durch eine zweckmässige Zusammenstellung dieser zwei Fälle wird man sich in jedem anderen Falle behelfen können; denn betrachtet man bei gleichen Querschnittsflächen $X$ und $Y$ als Functionen von $h$, z. B. als $F(h)$ und $f(h)$, so erhält man, wenn der attrahirte Ort zwischen dem Niveau der oberen und unteren Horizontalfläche, und zwar von dem der ersteren um $h_{,}$ und von dem der letzteren um $h_{,,}$ entfernt gelegen ist, die auf ihn ausgeübte Attraction:

$$X = F(h_{,}) + F(h_{,,})$$

und

$$Y = f(h_{,}) + f(h_{,,});$$

und wenn er oberhalb der oberen oder unterhalb der unteren Niveaufläche um $h_{,,}$ entfernt gelegen ist, und die Höhe der Untertheilung $= h_{,}$ ist, so hat man:

$$X = F(h_{,} + h_{,,}) - F(h_{,,})$$

und

$$Y = f(h_{,} + h_{,,}) - f(h_{,,}).$$

Wenn die Entfernung des attrahirten Ortes von einer der beiden Niveauflächen gegenüber $\varepsilon_{,}$ und $\varepsilon_{,,}$ als sehr klein angesehen werden kann, so wird es hinreichend sein, den einen oder den andern der beiden den Formeln 27) entsprechenden Fälle anzunehmen.

## VII.

Die bis jetzt dargestellte Berechnung der Attraction der verschiedenen Untertheilungen hat, wie schon am Schlusse des Artikels II gesagt wurde, nur in soferne Giltigkeit, als man die angenommene kugelförmige Normaloberfläche als eine Ebene betrachten kann. Überschreitet die Entfernung der attrahirenden Untertheilung von dem attrahirten Orte die dort angegebene Grenze, so muss die Krümmung der Erdoberfläche berücksichtiget werden. Es wird hier am zweckmässigsten sein, Meridiane und Parallelkreise zu Abgrenzungen der Grundfläche der attrahirenden Untertheilungen anzunehmen, weil hiezu die Karten, auf welchen diese Linien schon ersichtlich sind, benützt werden können.

Die eine Untertheilung abgrenzenden Seitenflächen sind dann durch die Meridiane gelegte Ebenen und den Parallelkreisen entsprechende Kegeloberflächen, deren Spitzen mit dem Mittelpunkte der Kugel concentrisch zusammenfallen.

Nimmt man vorläufig ein rechtwinkeliges Coordinatensystem an, dessen Nullpunkt im Mittelpunkte der Erde ist, dessen Achse der $x$ mit dem Schnitte, welchen die Meridianebene des Observationsortes mit der Äquatorebene bildet, und die Achse der $y$ mit der letzteren zusammenfällt; so ist die Erdachse zugleich die Achse der $z$. Zeigt nun $r$ die Entfernung irgend eines Volumenelementes $p$ der attrahirenden Untertheilung vom Mittelpunkte der Erde an, ist $b$ die Breite und $t$ die Länge desselben, wo die erstere vom Äquator gegen Norden, die letztere vom Meridiane des Observationsortes gegen Westen positiv, entgegengesetzt negativ gezählt wird; so sind die Coordinaten von $p$, die Erde als eine Kugel betrachtet:

$$x_{,} = r \cos b \cos t,$$
$$y_{,} = r \cos b \sin t,$$
$$z_{,} = r \sin b,$$

wo $x_{,}$ nach der Seite des Observationsortes, $y_{,}$ gegen Westen und $z_{,}$ gegen den Nordpol positiv, entgegengesetzt negativ gezählt werden. Bezeichnet man die Breite des Observationsortes mit $B$, seine Entfernung vom Mittelpunkte der Erde mit $e$, so sind die Coordinaten desselben, da für ihn $t = 0$ ist:

$$x_{,,} = e \cos B,$$
$$y_{,,} = 0,$$
$$z_{,,} = e \sin B;$$

mithin sind die Coordinaten des Elementes $p$, wenn der Observationsort als Nullpunkt angenommen, und für $x_{,}, y_{,}, z_{,}$ dann $x_{,,}, y_{,,}, z_{,,}$ die oberen Werthe substituirt werden:

$$\xi = r \cos b \cos t - e \cos B,$$
$$\eta = r \cos b \sin t,$$
$$\zeta = r \sin b - e \sin B.$$

Da nun der kubische Inhalt eines Elementes $p$

$$= r^2 \cos b \, . \, dr \, . \, db \, . \, dt$$

ist, so erhält man, wenn die von der Untertheilung auf den Observationsort ausgeübte Attraction den drei Achsenrichtungen dieses Systems analog mit $X'$, $Y'$, und $Z'$ bezeichnet, und wenn für $\xi$, $\eta$, $\zeta$, die oberen Werthe gesetzt werden:

$$28)\quad\begin{cases} X' = \iiint \dfrac{(r \cos b \cos t - e \cos B)\, r^2 \cos b . dr . db . dt}{\{r^2 - 2re\,(\cos b . \cos t . \cos B + \sin b . \sin B) + e^2\}^{\frac{3}{2}}}, \\[2ex] Y' = \iiint \dfrac{r^3 \cos^2 b \sin t . dr . db . dt}{\{r^2 - 2re\,(\cos b . \cos t . \cos B + \sin b . \sin B) + e^2\}^{\frac{3}{2}}}, \\[2ex] Z' = \iiint \dfrac{(r \sin b - e \sin B)\, r^2 \cos b . dr . db . dt}{\{r^2 - 2re\,(\cos b . \cos t . \cos B + \sin b . \sin B) + e^2\}^{\frac{3}{2}}}, \end{cases}$$

welche Ausdrücke man nach den von einander unabhängigen Veränderlichen: $r$, $b$, und $t$ in den entsprechenden Grenzen zu integriren hat. Sind die Werthe dieser Grössen enthalten in den Grenzen:

$$\text{von } r = r_{,} \text{ bis } r = r_{,,},$$
$$„\ b = b_{,}\ „\ b = b_{,,}$$
$$„\ t = t_{,}\ „\ t = t_{,,},$$

und setzt man der Kürze halber

$$r_0 = \frac{r_{,} + r_{,,}}{2},$$
$$b_0 = \frac{b_{,} + b_{,,}}{2},$$
$$t_0 = \frac{t_{,} + t_{,,}}{2};$$

so kann man drei Veränderliche $\rho$, $\beta$ und $\tau$ in der Art einführen, dass

$$r_0 + \rho = r,$$
$$b_0 + \beta = b,$$
$$t_0 + \tau = t$$

wird, wo dann offenbar $\rho$, $\beta$ und $\tau$ als Functionen von $r$, $b$ und $t$ zu betrachten sind, indem $r_0$, $b_0$ und $t_0$ constante Werthe haben. Setzt man in diese Gleichungen einmal die Grenzwerthe $r_{,}$ $b_{,}$ $t_{,}$ das andere Mal die Grenzwerthe $r_{,,}$, $b_{,,}$, $t_{,,}$, so ergibt sich, dass die Werthe von $\rho$, $\beta$ und $\tau$ in den Grenzen

$$\text{von } \rho = -\frac{r_{,,} - r_{,}}{2} \text{ bis } \rho = \frac{r_{,,} - r_{,}}{2}$$
$$„\ \beta = -\frac{b_{,,} - b_{,}}{2}\ „\ \beta = \frac{b_{,,} - b_{,}}{2}$$
$$„\ \tau = -\frac{t_{,,} - t_{,}}{2}\ „\ \tau = \frac{t_{,,} - t_{,}}{2}$$

enthalten sind.

Aus dem eben Gesagten wird man leicht ersehen, dass in jeder attrahirenden Untertheilung je acht Elemente vorkommen, deren Polar-Coordinaten sich nur durch das Vorzeichen von $\rho$, $\beta$ und $\tau$ unterscheiden, was folgende Combinationen gibt:

$$r_0 + \rho, \qquad b_0 + \beta, \qquad t_0 + \tau;$$
$$r_0 + \rho, \qquad b_0 - \beta, \qquad t_0 + \tau;$$
$$r_0 - \rho, \qquad b_0 + \beta, \qquad t_0 + \tau;$$
$$r_0 - \rho, \qquad b_0 - \beta, \qquad t_0 + \tau;$$
$$r_0 + \rho, \qquad b_0 + \beta, \qquad t_0 - \tau;$$
$$r_0 + \rho, \qquad b_0 - \beta, \qquad t_0 - \tau;$$
$$r_0 - \rho, \qquad b_0 + \beta, \qquad t_0 - \tau;$$
$$r - \rho, \qquad b_0 - \beta, \qquad t_0 - \tau.$$

Setzt man

$$X' = \iiint \varphi \cdot dr \cdot db \cdot dt,$$

so ist mit Rücksicht auf die erste Gleichung 28)

$$\varphi = \frac{(r \cos b \cos t - e \cos B)\, r^2 \cos b}{\{r^2 - 2re\,(\cos b \cos t \cos B + \sin B \sin b) + e^2\}^{\frac{3}{2}}},$$

und wenn für $r$, $b$ und $t$ die Werthe $r_0 + \rho$, $b_0 + \beta$ und $t_0 + \tau$ substituirt werden, so ist $\varphi$ als eine Function von $\rho$, $\beta$ und $\tau$ zu betrachten.

Nimmt man die Differential-Quotienten für die Werthe $\rho = 0$, $\beta = 0$ und $\tau = 0$, so erhält man, da für diese Werthe

$$\varphi = \frac{(r_0 \cos b_0 \cos t_0 - e \cos B)\, r_0^2 \cos b_0}{\{r_0^2 - 2r_0 e\,(\cos b_0 \cos t_0 \cos B + \sin b_0 \sin B) + e^2\}^{\frac{3}{2}}}$$

wird:

$$\varphi = \frac{(r_0 \cos b_0 \cos t_0 - e \cos B)\, r_0^2 \cos b_0}{\{r_0^2 - 2r_0 e\,(\cos b_0 \cos t_0 \cos B + \sin b_0 \sin B) + e^2\}^{\frac{3}{2}}} + \frac{d\varphi}{d\rho} \cdot \rho + \frac{d\varphi}{d\beta} \cdot \beta + \frac{d\varphi}{d\tau} \cdot \tau + \frac{d^2\varphi}{d\rho^2} \cdot \frac{\rho^2}{2} +$$

$$+ \frac{d^2\varphi}{d\beta^2} \cdot \frac{\beta^2}{2} + \frac{d^2\varphi}{d\tau^2} \cdot \tau^2 + \frac{d^2\varphi}{d\rho\, d\beta} \cdot \rho\beta + \frac{d^2\varphi}{d\rho\, d\tau} \cdot \rho\tau + \frac{d^2\varphi}{d\beta\, d\tau} \cdot \beta\tau \ \ \text{u. s. f.}$$

Substituirt man diesen Werth in die letzte Gleichung für $X'$ und nimmt für jeden der einzelnen Werthe der Attraction der je acht oben angeführten Elemente das arithmetische Mittel aus allen Acht, so werden sich alle Glieder, welche ungerade Potenzen von $\rho$, $\beta$ und $\tau$ enthalten, heben, ohne den Werth des Integrals zu ändern, und man erhält auf diese Art:

$$X' = \iiint \left\{ \frac{(r_0 \cos b_0 \cos t_0 - e \cos B)\, r_0^2 \cos b_0}{[r_0^2 - 2r_0 e\,(\cos b_0 \cos t_0 \cos B + \sin b_0 \sin B) + e^2]^{\frac{3}{2}}} + \frac{d^2\varphi}{d\rho^2}\, \frac{\rho^2}{2} + \frac{d^2\varphi}{d\beta^2} \cdot \frac{\beta^2}{2} + \frac{d^2\varphi}{d\tau^2} \cdot \frac{\tau^2}{2} + \right.$$
$$\left. + \ \text{u. s. f.} \right\} dr \cdot db \cdot dt.$$

Bezeichnet $m$ denjenigen Punkt, dessen Lage durch die Polar-Coordinaten $r_0$, $b_0$ und $t_0$ angegeben wird, so kann man $m$ als den mittlern Punkt der attrahirenden Untertheilung betrachten, dessen Entfernung vom Observationsorte

$$= \sqrt{r_0^2 - 2r_0 e\,(\cos b_0 \cos t_0 \cos B + \sin b_0 \sin B) + e^2}$$

ist.

Gibt man aber der attrahirenden Untertheilung nur eine solche Ausdehnung, dass $\rho$, $r_0\beta$ und $r_0\tau$ gegenüber dieser Entfernung als klein betrachtet werden können, so werden die Glieder von $\rho^2$, $\beta^2$ und $\tau^2$ einen so geringen Werth haben, dass man sie bei dem hier nöthigen Grade der Genauigkeit vernachlässigen kann. Demnach erhält man sehr nahe, wenn die Integration des letzten Ausdruckes für $X'$ nach den von einander unabhängigen Veränderlichen $r$, $b$ und $t$ in den oberen Grenzen nach einander vorgenommen wird:

$$X' = \frac{(r_0 \cos b_0 \cos t_0 - e \cos B)\, r_0^2 \cos b_0\, (r_0 - r)\,(b_0 - b)\,(t_0 - t)}{\{r_0^2 - 2r_0 e\,(\cos b_0 \cos t_0 \cos B + \sin b_0 \sin B) + e^2\}^{\frac{3}{2}}}$$

Setzt man:

$$P = r_0^2 \cos b_0 \, (r_{,,} - r_,) \, (b_{,,} - b_,) \, (t_{,,} - t_,)$$

und

$$r_{,,} - r_, = h,$$

wo $h$ die Höhe der attrahirenden Untertheilung über der angenommenen Normalfläche anzeigt, so hat man auch, da $b_0 = \dfrac{b_{,,} + b_,}{2}$ ist:

$$P = r_0^2 h \cos \frac{(b_{,,} + b_,)}{2} \, (b_{,,} - b_,) \, (t_{,,} - t_,).$$

Der kubische Inhalt eines Volumenelementes ist, wie schon oben gesagt $r^2 \cos b \, . \, dr \, . \, db \, . \, dt$.

Nach vorgenommener Integration ergibt sich der kubische Inhalt der attrahirenden Untertheilungen.

$$= \frac{2}{3} \, (r_{,,}^3 - r_,^3) \cos \frac{1}{2} \, (b_{,,} + b_,) \sin \frac{1}{2} \, (b_{,,} - b_,) \, (t_{,,} - t_,).$$

Es ist aber $r_{,,} = \dfrac{r_{,,} + r_,}{2} + \dfrac{r_{,,} - r_,}{2}$ und $r_, = \dfrac{r_{,,} + r_,}{2} - \dfrac{r_{,,} - r_,}{2}$, oder $r_{,,} = r_0 + \dfrac{h}{2}$ und $r_, = r_0 - \dfrac{h}{2}$.

Substituirt man diese Werthe in den letzten Ausdruck bei Vernachlässigung der höheren Potenzen von $h$ in dem Factor $(r_{,,}^3 - r_,^3)$ und erlaubt sich anstatt des Sinus des spitzen Winkels $\dfrac{1}{2} \, (b_{,,} - b_,)$ den Bogen selbst zu nehmen, so erhält man:

$$r_0^2 h \cos \frac{1}{2} \, (b_{,,} + b_,) \, (b_{,,} - b_,) \, (t_{,,} - t_,),$$

woraus zu sehen ist, dass $P$ dem kubischen Inhalte der attrahirenden Untertheilung sehr nahe kommt.

Bezeichnet man nun, den Observationsort als Nullpunkt betrachtend, die Coordinaten des mittleren Punktes $m$ in diesem Systeme mit $\xi_0, \eta_0, \zeta_0$, so hat man mit Rückblick auf die Gleichungen für $\xi, \eta$ und $\zeta$:

$$\xi_0 = r_0 \cos b_0 \cos t_0 - e \cos B,$$
$$\eta_0 = r_0 \cos b_0 \sin t_0,$$
$$\zeta_0 = r_0 \sin b_0 - e \sin B;$$

und in Bezug auf die letzte Gleichung für $X'$:

$$X' = \frac{\xi_0 P}{(\xi_0^2 + \eta_0^2 + \zeta_0^2)^{\frac{3}{2}}},$$

und auf dieselbe Art erhält man auch:

$$Y' = \frac{\eta_0 P}{(\xi_0^2 + \eta_0^2 + \zeta_0^2)^{\frac{3}{2}}}; \quad Z' = \frac{\zeta_0 P}{(\xi_0^2 + \eta_0^2 + \zeta_0^2)^{\frac{3}{2}}}.$$

Aus diesen letzten Gleichungen geht aber hervor, dass bei den hier gemachten Voraussetzungen die Attraction einer Untertheilung so angenommen werden kann, als wenn die Masse $P$ in ihrem mittleren Punkte $m$ concentrirt wäre, was auch für jedes andere Coordinatensystem giltig ist.

Wendet man diese Annahme bei dem gleich Anfangs (Artikel I) aufgestellten unseren Zwecken entsprechenden Coordinatensysteme an; bezeichnet den von den Radien des Observationsortes und des mittleren Punktes $m$ eingeschlossenen Winkel mit $v$ und das auf ersterem gemessene Azimuth des $v$ entsprechenden grössten Kreisbogens mit $u$, und erlaubt sich endlich $e = r_0 = a$ zu setzen, wo $a$ den im Artikel II angegebenen Werth hat, so erhält man, wenn der Observationsort als Nullpunkt angenommen wird:

$$x = a \sin v \cos u,$$
$$y = a \sin v \sin u,$$
$$z = a\,(1 - \cos v),$$

und die horizontale von der gedachten Untertheilung auf den Observationsort ausgeübte Attraction ist dann, wenn sie den Achsen analog mit $X$ und $Y$ bezeichnet, und wenn für $x$, $y$ und $z$ unter Einem die eben angegebenen Werthe substituirt werden:

$$29)\qquad
\begin{cases}
X = \dfrac{\cos u \,.\, \cos \frac{1}{2} v\, P}{\left(2a \sin \frac{1}{2} v\right)^2}, \\[3mm]
Y = \dfrac{\sin u \,.\, \cos \frac{1}{2} v\, P}{\left(2a \sin \frac{1}{2} v\right)^2},
\end{cases}$$

welche Resultate man auch durch Transformation aus dem vorigen in dieses Coordinatensystem erhält, wenn man sich ebenfalls erlaubt $e = r_0 = a$ zu setzen.

Zieht man nur den positiven Werth von $t_0 = \dfrac{t_{,,} + t_{,}}{2}$ in Betrachtung, so kann man $(90 - b_0) = \left(90 - \dfrac{1}{2}\,(b_{,,} + b_{,})\right)$, $(90 - B)$ und $t_0$ als drei bekannte Elemente eines sphärischen Dreieckes ansehen, wovon $(90 - b_0)$ dann $(90 - B)$ zwei Seiten, $N$ und $M$ die denselben gegenüber liegenden, und $t_0$ den von ihnen eingeschlossenen Winkel vorstellen. Mit Hilfe der Nepper'schen Analogien hat man dann:

$$\operatorname{tang} \frac{1}{2}\,(M + N) = \frac{\cos \frac{1}{2}\,(b_0 - B)}{\sin \frac{1}{2}\,(b_0 + B)}\,\operatorname{cotg} \frac{1}{2}\,t_0,$$

$$\operatorname{tang} \frac{1}{2}\,(M - N) = \frac{\sin \frac{1}{2}\,(b_0 - B)}{\cos \frac{1}{2}\,(b_0 + B)}\,\operatorname{cotg} \frac{1}{2}\,t_0,$$

und

$$u = 180 \mp N,$$

wo das obere oder untere Zeichen zu nehmen ist, je nachdem $t_0$ westlich oder östlich von dem Meridiane des Observationsortes fällt.

Ferner erhält man:

$$\operatorname{tang} \frac{1}{2}\,v = \frac{\cos \frac{1}{2}\,(M + N)}{\cos \frac{1}{2}\,(M - N)}\,\operatorname{cotg} \frac{1}{2}\,(b_0 + B).$$

Da nun $P = a^2 h \cos\left(\dfrac{(b_{,,} + b_{,})}{2}\right) (b_{,,} - b_{,})\,(t_{,,} - t_{,})$ ist, so hat es keinen Anstand mehr die Attraction nach 29) zu berechnen.

Entspricht nun die durch die Formeln 29) ausgedrückte Attraction dem Observationsorte $S$, so erhält man nach denselben Formeln, die auf einen andern Ort $S_,$ ausgeübte Attraction, wenn anstatt $v$ und $u$ die diesem Orte entsprechenden Werthe $v_,$ und $u_,$ gesetzt werden. $P$ behält, da die attrahirende Untertheilung dieselbe ist, seinen Werth.

Bezeichnet man die Werthe der auf $S_,$ ausgeübten Attraction mit $X_,$ und $Y_,$ so erhält man leicht, wenn $(v + \Delta v)$ und $(u + \Delta u)$ für $v_,$ und $u_,$ gesetzt, und unter der Annahme, dass $\Delta v$ und $\Delta u$ nur kleine Werthe haben, die Entwickelung blos auf die erste Potenz dieser Grössen vorgenommen, und hierauf die ursprünglichen Gleichungen abgezogen werden:

$$X_, - X = - Y\Delta u - X\left(1 + \cos^2 \frac{1}{2}v\right)\frac{\Delta v}{\sin v},$$

$$Y_, - Y = \quad X\Delta u - Y\left(1 + \cos^2 \frac{1}{2}v\right)\frac{\Delta v}{\sin v}.$$

Zur Beurtheilung dieser Unterschiede dürfte es jedoch zweckmässiger sein $\Delta v$ und $\Delta u$ durch die Differenzen der Breite und Länge von $S$ und $S_,$ auszudrücken.

Wenn man wieder die vorige Bezeichnung für die Elemente beibehält, so bekommt man:

$$X_, - X = Y\left(\cos v \sin u \frac{\Delta B}{\sin v} + \cos b_0 \cos P \frac{\Delta t_0}{\sin v}\right) - X\left(1 + \cos^2 \frac{1}{2}v\right)\left(\cos u \frac{\Delta B}{\sin v} - \sin u \cos B \frac{\Delta t_0}{\sin v}\right)$$

$$Y_, - Y = -X\left(\cos v \sin u \frac{\Delta B}{\sin v} + \cos b_0 \cos P \frac{\Delta t_0}{\sin v}\right) - Y\left(1 + \cos^2 \frac{1}{2}v\right)\left(\cos u \frac{\Delta B}{\sin v} - \sin u \cos B \frac{\Delta t_0}{\sin v}\right)$$

wo $P$ den vom Meridian des mittleren Punktes $m$ und von dem $v$ entsprechenden grössten Kreisbogen eingeschlossenen Winkel, $\Delta B$ und $\Delta t_0$ die Unterschiede anzeigen, die man erhält, wenn von der Breite und Länge des Ortes $S_,$ die Breite und Länge des Ortes $S$ abgezogen werden.

Aus diesen Ausdrücken ist zu ersehen, dass, wenn $\frac{\Delta B}{\sin v}$ und $\frac{\Delta t_0}{\sin v}$ sehr kleine Grössen sind, auch $(X_, - X)$ und $(Y_, - Y)$ sehr klein werden. Demnach wird man, wie schon im Artikel III gezeigt wurde, von derjenigen Grenze angefangen, von welcher diese Grössen vernachlässigt werden können, die Attraction nur für den als Hauptort angenommenen Observationsort zu berechnen nöthig haben.

# VIII.

Betrachtet man den Observationsort oder seine Projection auf die Normalfläche als Polpunkt, zieht durch denselben grösste Kreise, und auf die gemeinschaftliche Achse derselben senkrechte Kreise, so kann man die ersteren als Meridiane, die letzteren als Parallelkreise ansehen. Begrenzt man dann die Untertheilungen mit ähnlichen Seitenflächen wie im vorigen Artikel und behält dieselbe Bezeichnung für die Elemente, so hat man, wenn der Nullpunkt im Observationsorte angenommen wird:

$$x = r \sin v \cos u$$
$$y = r \sin v \sin u$$
$$z = e - r \cos v$$

und für den kubischen Inhalt eines Volumenelementes

$$p = r^2 dr.\, \sin v\, dv.\, du.$$

Daher hat man für die horizontale Attraction in der Richtung der analogen Achsen:

$$X = \iiint \frac{xr^2.dr.\sin v.dv.du}{(x^2 + y^2 + z^2)^{\frac{3}{2}}},$$

$$Y = \iiint \frac{yr^2.dr.\sin v.dv.du}{(x^2 + y^2 + z^2)^{\frac{3}{2}}},$$

und wenn für $x$, $y$, $z$ die oberen Werthe substituirt werden:

$$30) \qquad \begin{cases} X = \iiint \dfrac{r^3.dr.\sin^2 v.dv.\cos u.du}{(r^2 - 2re \cos v + e^2)^{\frac{3}{2}}}, \\[2ex] Y = \iiint \dfrac{r^3.dr.\sin^2 v.dv.\sin u.du}{(r^2 - 2re \cos v + e^2)^{\frac{3}{2}}}. \end{cases}$$

Betrachtet man nur $r$ als veränderlich, $v$ und $u$ hingegen als constant, setzt

$$\int \frac{r^3.dr}{(r^2 - 2re \cos v + e^2)^{\frac{3}{2}}} = \varphi(r)$$

und bezeichnet die Differenzialquotienten nach einander mit $\varphi_1(r)$, $\varphi_2(r)$, $\varphi_3(r)\ldots$, so ist:

$$\varphi_1(r) = \frac{r^3}{(r^2 - 2re \cos v + e^2)^{\frac{3}{2}}}$$

$$\varphi_2(r) = \frac{3r^2 e (e - r \cos v)}{(r^2 - 2re \cos v + e^2)^{\frac{5}{2}}}$$

$$\varphi_3(r) = \frac{6r^4 e \cos v - 9r^2 e^2 + 3r^3 e^2 \cos^2 v - 6r^2 e^3 \cos v + 6r^4 e}{(r^2 - 2re \cos v + e^2)^{\frac{7}{2}}}$$

u. s. f.

Nimmt man wieder $r_{,} = r_0 - \dfrac{h}{2}$ und $r_{,,} = r_0 + \dfrac{h}{2}$, wo $h$ die Höhe der Untertheilung über der angenommenen Normalfläche anzeigt, so erhält man, wenn in $\varphi(r)$ für $r$ einmal der Werth $r_{,} = r_0 - \dfrac{h}{2}$ das andere Mal der Werth $r_{,,} = r_0 + \dfrac{h}{2}$ gesetzt wird:

$$\varphi(r_{,}) = \varphi(r_0) - \varphi_1(r_0)\frac{h}{2} + \varphi_2(r_0)\frac{h^2}{8} - \varphi_3(r_0)\frac{h^3}{48} + \ldots$$

$$\varphi(r_{,,}) = \varphi(r_0) + \varphi_1(r_0)\frac{h}{2} + \varphi_2(r_0)\frac{h^2}{8} + \varphi_3(r_0)\frac{h^3}{48} + \ldots$$

und durch Subtraction der ersten Gleichung von der zweiten

$$\int^{r_{,,}} \frac{r^3.dr}{(r^2 - 2re \cos v + e^2)^{\frac{3}{2}}} = \varphi_1(r_0) h - \varphi_3(r_0)\frac{h^3}{24} - \ldots$$

Setzt man in $\varphi_1(r)$, $\varphi_2(r)$ . . . . . . anstatt $r$ den Werth $r_0$ und erlaubt sich $e = r_0 = a$ anzunehmen, wo $a$ den Halbmesser der Erdkugel anzeigt, so ergibt sich:

$$\int_{r_,}^{r_{,,}} \frac{r^3 \, . \, dr}{(r^2 - 2re \cos v + e^2)^{\frac{3}{2}}} = \frac{h}{8 \sin^3 \frac{1}{2} v} \left\{ 1 + \frac{1}{32} \cdot \frac{\cos^2 \frac{1}{2} v h^2}{a^2 \sin^2 \frac{1}{2} v} + \ldots \right\}$$

und wenn der kleinste Werth von $v$ so angenommen wird, dass man $\dfrac{h}{a \sin \frac{1}{2} v}$ als eine kleine Grösse betrachten kann, so beschränkt sich der zweite Theil der Gleichung blos auf $\dfrac{h}{8 \sin^3 \frac{1}{2} v}$ und man hat mit Rückblick auf die Gleichungen 30):

$$X = \iint \frac{1}{2} h \cos u \, . \, du \left( \frac{dv}{\sin \frac{1}{2} v} - \sin \frac{1}{2} v \, . \, dv \right),$$

$$Y = \iint \frac{1}{2} h \sin u \, . \, du \left( \frac{dv}{\sin \frac{1}{2} v} - \sin \frac{1}{2} v \, . \, dv \right).$$

Integrirt man diese Gleichungen nach den von einander unabhängigen $v$ und $u$ in den entsprechenden Grenzen von $v = v_,$ bis $v = v_{,,}$, dann von $u = u_,$ bis $u = u_{,,}$, so erhält man endlich die Attraction:

$$31) \begin{cases} X = 2h \cos \frac{1}{2} (u_{,,} + u_,) \sin \frac{1}{2} (u_{,,} - u_,) \left\{ \log \frac{\operatorname{tang} \frac{1}{4} v_{,,}}{\operatorname{tang} \frac{1}{4} v_,} - 2 \sin \frac{1}{4} (v_{,,} + v_,) \sin \frac{1}{4} (v_{,,} - v_,) \right\}, \\[2ex] Y = 2h \sin \frac{1}{2} (u_{,,} + u_,) \sin \frac{1}{2} (u_{,,} - u_,) \left\{ \log \frac{\operatorname{tang} \frac{1}{4} v_{,,}}{\operatorname{tang} \frac{1}{4} v_,} - 2 \sin \frac{1}{4} (v_{,,} + v_,) \sin \frac{1}{4} (v_{,,} - v_,) \right\} \end{cases}$$

welche Ausdrücke bezüglich der Grösse der Untertheilung unbeschränkt sind, wenn sonst die Bedingung erfüllt wird, dass für den kleinsten Werth von $v$, $\dfrac{h}{a \sin \frac{1}{2} v}$ eine kleine Grösse ist.

Man kann sie aber noch auf eine bequemere Form bringen, wenn $\dfrac{\sin \frac{1}{4} (v_{,,} - v_,)}{\sin \frac{1}{4} (v_{,,} + v_,)}$ nur einen kleinen Werth hat; denn es ist auch:

$$\log \frac{\operatorname{tang} \frac{1}{4} v_{,,}}{\operatorname{tang} \frac{1}{4} v_,} - 2 \sin \frac{1}{4} (v_{,,} + v_,) \sin \frac{1}{4} (v_{,,} - v_,) = 2 \frac{\sin \frac{1}{4} (v_{,,} - v_,)}{\sin \frac{1}{4} (v_{,,} + v_,)} \cos^2 \frac{1}{4} (v_{,,} + v_,) + \frac{2}{3} \left( \frac{\sin \frac{1}{4} (v_{,,} - v_,)}{\sin \frac{1}{4} (v_{,,} + v_,)} \right)^3 +$$

$$+ \frac{2}{5} \left( \frac{\sin \frac{1}{4} (v_{,,} - v_,)}{\sin \frac{1}{4} (v_{,,} + v_,)} \right)^5 + \ldots$$

Vernachlässigt man die höheren Potenzen von $\dfrac{\sin \frac{1}{4} (v_{,,} - v_,)}{\sin \frac{1}{4} (v_{,,} + v_,)}$ und setzt diese Grösse selbst $= \sin \frac{1}{2} C$, oder was dasselbe ist,

$$\frac{\operatorname{tang} \frac{1}{4} v_{,,} - \operatorname{tang} \frac{1}{4} v_,}{\operatorname{tang} \frac{1}{4} v_{,,} + \operatorname{tang} \frac{1}{4} v_,} = \sin \frac{1}{2} C,$$

wo $C$ eine willkürliche jedoch nur mit dem Werthe von einigen Graden angenommene Grösse ist, so ergibt sich:

$$\operatorname{tang} \frac{1}{4} v_{,,} = \operatorname{tang} \frac{1}{4} v_{,} \operatorname{tang}^2 \left(45^0 + \frac{1}{4} C\right).$$

Demnach erhält man auch, wenn für eine gewisse Stelle $v_{\mathrm{n}} = V$ gesetzt wird, für die auf einander folgenden nächst grösseren $v$:

$$\operatorname{tang} \frac{1}{4} v_{n+1} = \operatorname{tang} \frac{1}{4} V \operatorname{tang}^2 \left(45^0 + \frac{1}{4} C\right),$$

$$\operatorname{tang} \frac{1}{4} v_{n+2} = \operatorname{tang} \frac{1}{4} v_{n+1} \operatorname{tang}^2 \left(45^0 + \frac{1}{4} C\right),$$

$$\vdots \qquad\qquad \vdots$$

und für die nächst kleineren $v$:

$$\operatorname{tang} \frac{1}{4} v_{n-1} = \operatorname{tang} \frac{1}{4} V \operatorname{cotg}^2 \left(45^0 + \frac{1}{4} C\right),$$

$$\operatorname{tang} \frac{1}{4} v_{n-2} = \operatorname{tang} \frac{1}{4} v_{n-1} \operatorname{cotg}^2 \left(45^0 + \frac{1}{4} C\right),$$

$$\vdots \qquad\qquad \vdots$$

Mit Bezug auf 31) erhalten wir nun näherungsweise nach dem eben Angeführten leicht:

$$32) \quad \begin{cases} X = 4h \cos \frac{1}{2} (u_{,,} + u_{,}) \sin \frac{1}{2} (u_{,,} - u_{,}) \sin \frac{1}{2} C \cos^2 \frac{1}{4} (v_{s+1} + v_{s}), \\[2ex] Y = 4h \sin \frac{1}{2} (u_{,,} + u_{,}) \sin \frac{1}{2} (u_{,,} - u_{,}) \sin \frac{1}{2} C \cos^2 \frac{1}{4} (v_{s+1} + v_{s}), \end{cases}$$

wo $s$ den betreffenden Index anzeigt.

Setzt man überdies $(u_{,,} - u_{,}) = C$, wo $C$ wegen der bequemen Eintheilung der Peripherie des Ortes auch noch so angenommen werden muss, dass, wenn es in Graden gegeben ist, der Quotient $\frac{360}{C}$ eine möglichst theilbare Zahl sei, so hat man:

$$33) \quad \begin{cases} X = 4h \cos \frac{1}{2} (u_{,,} + u_{,}) \sin^2 \frac{1}{2} C \cos^2 \frac{1}{4} (v_{s+1} + v_{s}), \\[2ex] Y = 4h \sin \frac{1}{2} (u_{,,} + u_{,}) \sin^2 \frac{1}{2} C \cos^2 \frac{1}{4} (v_{s+1} + v_{s}). \end{cases}$$

Bei der Anwendung der in diesem Artikel abgeleiteten Formeln, so wie auch bei den Formeln 27) im Artikel VI, wird es am besten sein, sich eine Karte nach dem Principe der stereographischen Projection zu entwerfen, wobei die Ebene, auf welche die Projectionen gefällt werden, die Erdkugel am Observationsorte tangirt. Man hat dann, wenn die mit $V, v_{n+1}, v_{n+2} \ldots \ldots v_{n-1}, v_{n-2} \ldots \ldots$ correspondirenden Halbmesser der Cylinderflächen dem Artikel VI analog mit $\varepsilon, \varepsilon_{n+1}, \varepsilon_{n+2} \ldots \ldots \varepsilon_{n-1}, \varepsilon_{n-2} \ldots \ldots$ bezeichnet werden:

$$\varepsilon \ = 2a \, \mathrm{tang} \, \frac{1}{2} \, V,$$

$$\varepsilon_{n+1} = 2a \, \mathrm{tang} \, \frac{1}{2} \, v_{n+1}, \text{ u. s. f.}$$

$$\varepsilon_{n-1} = 2a \, \mathrm{tang} \, \frac{1}{2} \, v_{n-1},$$

$$\varepsilon_{n-2} = 2a \, \mathrm{tang} \, \frac{1}{2} \, v_{n-2}, \text{ u. s. f.}$$

und selbst bei der Voraussetzung, dass diese Grössen gegenüber $h$ als sehr gross anzusehen sind, können die $v$ dennoch nur einen so grossen Werth haben, dass man sich erlauben darf:

$$2 \, \mathrm{tang} \, \frac{1}{4} \, v_{\scriptscriptstyle\bullet} = \mathrm{tang} \, \frac{1}{2} \, v_{\scriptscriptstyle\bullet},$$

$$4a \, \mathrm{tang} \, \frac{1}{4} \, v_{\scriptscriptstyle\bullet} = 2a \, \mathrm{tang} \, \frac{1}{2} \, v_{\scriptscriptstyle\bullet},$$

mithin

$$4a \, \mathrm{tang} \, \frac{1}{4} \, v_{\scriptscriptstyle\bullet} = \varepsilon_{\scriptscriptstyle\bullet}$$

zu setzen; woraus dann folgt:

$$\varepsilon_{n+1} = \varepsilon \ . \ \mathrm{tang}^2 \left( 45^\circ + \frac{1}{4} \, C \right),$$

$$\varepsilon_{n+2} = \varepsilon_{n+1} \, \mathrm{tang}^2 \left( 45^\circ + \frac{1}{4} \, C \right),$$

$$\vdots \qquad \vdots$$

$$\varepsilon_{n-1} = \varepsilon \ . \ \mathrm{cotg}^2 \left( 45^\circ + \frac{1}{4} \, C \right),$$

$$\varepsilon_{n-2} = \varepsilon_{n-1} \, \mathrm{cotg}^2 \left( 45^\circ + \frac{1}{4} \, C \right),$$

$$\vdots \qquad \vdots$$

Doch wollen wir das Gesagte für die praktische Anwendung noch klarer machen.

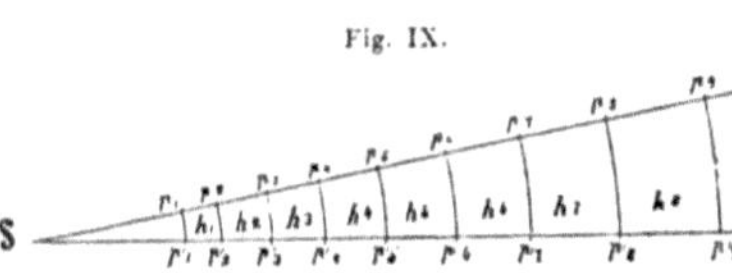
Fig. IX.

Es seien Fig. IX, $Sp_9$ und $Sp'_9$, wo $S$ den Observationsort anzeigt, zwei geradlinige, auf einer nach dem angeführten Principe entworfenen Karte gezogene Radien, die dadurch entstanden sind, dass man die Peripherie des Observationsortes z. B. in 60 gleiche Theile getheilt, mithin $C = 6^\circ$ angenommen hat. Sind nun $u_m$ und $u_{m+1}$ die Azimuthe dieser beiden Radien, so ist $u_{m+1} - u_m = C = 6^\circ$.

Nimmt man nun nach Umständen für $Sp_5 = Sp'_5$ den Werth $\varepsilon$ an, wo dann nach demselben Massstabe des Kartenentwurfes diese Grösse $\varepsilon$ abzunehmen, und mit ihr als Halbmesser der Kreis $p_5 p'_5$ — bei wirklichen Berechnungen natürlich in der ganzen Peripherie — zu ziehen ist; so erhält man nach dem oben Gesagten den Werth von $V$ aus der Gleichung:

$$\mathrm{tang} \, \frac{1}{2} \, V = \frac{\varepsilon}{2a},$$

und wenn die den $Sp_1$, $Sp_2$, $Sp_3$ . . . . . . entsprechenden Bögen mit $v_1$, $v_2$, $v_3$ . . . . . . bezeichnet, und berücksichtiget wird, dass $\dfrac{C}{4} = \dfrac{6}{4} = 1° \, 30'$ ist:

$$\operatorname{tang} \frac{1}{4} \, v_6 = \operatorname{tang} \frac{1}{4} \, V \operatorname{tang}^2 (46°30'),$$

$$\operatorname{tang} \frac{1}{4} \, v_7 = \operatorname{tang} \frac{1}{2} \, v_6 \operatorname{tang}^2 (46°30'),$$

$$\vdots \qquad\qquad \vdots$$

$$\operatorname{tang} \frac{1}{4} \, v_4 = \operatorname{tang} \frac{1}{4} \, V \operatorname{cotg}^2 (46°30'),$$

$$\vdots \qquad\qquad \vdots$$

$$\operatorname{tang} \frac{1}{4} \, v_1 = \operatorname{tang} \frac{1}{4} \, v_2 \operatorname{cotg}^2 (46°30').$$

Hat man auf diese Art die Werthe der $v$ berechnet, werden dann von $S$ aus mit $2a \operatorname{tang} \frac{1}{2} \, v_1$, $2a \operatorname{tang} \frac{1}{2} \, v_2$, u. s. w. als Halbmesser nach einander — natürlich wieder in der ganzen Peripherie — die Kreise $p_1 \, p_1'$, $p_2 \, p_2'$, $p_3 \, p_3'$ u. s. w. beschrieben, und sind $h_1, h_2, h_3$, u. s. w. die ausgemittelten Höhen der von solchen Kreisen und den Radien $Sp_2$ und $Sp_2'$ eingeschlossenen Untertheilungen; so erhält man nach 33) die horizontale Attraction aller, da $\frac{1}{2} \cdot C = 3°$ ist:

$$X = 4 \cos \frac{1}{2} \, (u_{m+1} + u_m) \sin^2 3° \left\{ h_1 \cos^2 \frac{1}{4} \, (v_1 + v_2) + h_2 \cos^2 \frac{1}{4} \, (v_2 + v_3) + h_3 \cos^2 \frac{1}{4} \, (v_3 + v_4) + \ldots \right\},$$

$$Y = 4 \sin \frac{1}{2} \, (u_{m+1} + u_m) \sin^2 3° \left\{ h_1 \cos^2 \frac{1}{4} \, (v_1 + v_2) + h_2 \cos^2 \frac{1}{4} \, (v_2 + v_3) + h_3 \cos^2 \frac{1}{4} \, (v_3 + v_4) + \ldots \right\}.$$

Übersteigt der grösste Werth der $v$, je nach dem Grade der nöthigen Genauigkeit, nicht eine gewisse Grenze, z. B. 2°, so kann man die zur Beschreibung der Kreise nöthigen Halbmesser $\varepsilon_1, \varepsilon_2, \varepsilon_3$ u. s. w. unmittelbar nach

$$\varepsilon_6 = \varepsilon \operatorname{tang}^2 (46°30'),$$

$$\varepsilon_7 = \varepsilon_6 \operatorname{tang}^2 (46°30'),$$

$$\vdots \qquad\qquad \vdots$$

$$\varepsilon_4 = \varepsilon \operatorname{cotg}^2 (46°30'),$$

$$\vdots \qquad\qquad \vdots$$

$$\varepsilon_1 = \varepsilon_2 \operatorname{cotg}^2 (46°30'),$$

berechnen und man erhält dann, wenn man sich erlaubt 1 für $\cos^2 \frac{1}{4} \, (v_1 + v_2)$, $\cos^2 \frac{1}{4} \, (v_2 + v_3)$ u. s. w. anzunehmen:

$$X = 4 \cos \frac{1}{2} \, (u_{m+1} + u_m) \sin^2 3° \left\{ h_1 + h_2 + h_3 + \ldots \right\},$$

$$Y = 4 \sin \frac{1}{2} \, (u_{m+1} + u_m) \sin^2 3° \left\{ h_1 + h_2 + h_3 + \ldots \right\},$$

wodurch die Formeln sehr vereinfacht werden.

Auf dieselbe Art verfährt man dann mit allen von je zwei Radien eingeschlossenen Untertheilungen.

Selbstverständlich muss der Halbmesser des kleinsten Kreises, so wie auch der folgenden Kreise immer noch einen solchen Werth haben, dass ihm gegenüber die Höhen der betreffenden Untertheilungen, und die Höhe des Observationsortes selbst, als gering betrachtet werden können, weil sonst die hier in Anwendung gebrachten Formeln nicht hinreichende Genauigkeit gewähren; mithin die Attraction des innerhalb des kleinsten Kreises befindlichen Terrains nach Artikel VI berechnet werden müsste.

Überhaupt aber kommen die Formeln 31) 32) 33) zur Fortsetzung der Attractionsberechnung nach den Formeln 27) Artikel VI in Anwendung, sobald wegen zu grosser Ausdehnung des attrahirenden Terrains die Erdoberfläche nicht mehr als eine Ebene betrachtet werden kann.

Wenn Untertheilungen unter der angenommenen Normalfläche vorkommen, wie es in diesem, dann in den Artikeln III, VI und VII der Fall sein kann; so betrachte man vorläufig die untere Fläche derselben als Normalfläche, mittle die betreffenden Höhen darnach aus, und berechne die Attraction für die Dichtigkeit $= 1$ auf die gewöhnliche Art, und wie dann weiter damit zu verfahren, ist im Artikel II gezeigt worden.

Um hier noch die Grösse der durch die Attraction eines ausgedehnten Terrains bewirkten Ablenkung der Lothlinie anschaulicher darzustellen, nehmen wir an, dass eine durch den Observationsort von Ost nach West gelegte senkrechte Ebene die Scheidung zwischen Land und Meer bilde, so zwar, dass die südlich gelegene Hemisphäre Land, und die nördliche blos Meer enthalte. Das Land erhebe sich durchgehends hundert Wiener Klafter über den Observationsort, und die Tiefe des Meeres vom Observationsorte an bis auf den Grund desselben sei durchgängig ebenfalls hundert Wiener Klafter.

Nimmt man nun die Scheidungslinie als grössten Kreis einerseits, und die den Werthen der $v$ in der nachstehenden Tabelle entsprechenden Parallelkreise im früher erwähnten Sinne andererseits, als Abgrenzungen der Grundflächen attrahirender Untertheilungen an; so zeigen die nebenbei stehenden Zahlen der Tabelle die je zwei solchen Untertheilungen des Landes und Meeres entsprechenden Ablenkungen.

Man hat hier nämlich für die Landuntertheilungen $u = + 90^\circ$, $\text{u}_{,} = - 90^\circ$; für die Meeresuntertheilungen $u_{,} = + 90^\circ$, $u_{,,} = 270^\circ$, und da 1000 Klafter als Einheit gelten, $h = 0{,}1$. Ferner wurde nach Artikel II $D = 2.7593$, $\rho = 2{,}75$ und die Dichtigkeit des Meerwassers $= 1{,}026$ angenommen.

Der erste Posten wurde, da der Observationsort im Niveau der unteren Fläche der Landuntertheilung und im Niveau der oberen Fläche der Meeresuntertheilung gelegen ist, nach 27) Artikel VI berechnet, wofür sich

$$\varepsilon_{,} = 2a \tan \frac{1}{2} v_{,} = 2a \tan 0 = 0,$$

$$\varepsilon_{,,} = 2a \tan \frac{1}{2} v_{,,} = 2a \tan \frac{1^\circ}{2} = 58{,}5929,$$

mithin

$$\tan w_{,} = \frac{0}{0{,}1} = 0$$

$$\tan w_{,,} = \frac{58{,}5929}{0{,}1}$$

ergab.

Die anderen Posten sind nach 31) berechnet.

| von $v_,$ | bis $v_{,,}$ | Ablenkung in Secunden |
|---|---|---|
| $0°$ | $1°$ | $17\overset{,,}{,}447$ |
| 1 | 20 | 7,365 |
| 20 | 60 | 2,470 |
| 60 | 100 | 0,817 |
| 100 | 140 | 0,261 |
| 140 | 180 | 0,035 |
| Summe . . | | 28,395 |

## IX.

Sollen astronomische Polhöhenbestimmungen mit terrestrisch abgeleiteten Daten verglichen werden, so scheinen uns bei der Behandlung dieser Aufgabe folgende Betrachtungen nothwendig.

Nach 11) Artikel II kann die durch die Attraction in der Richtung der $x$ verursachte Ablenkung von der Normale der regelmässigen Erdoberfläche, in Bogensecunden ausgedrückt, im Allgemeinen durch

$$\frac{M}{E \sin 1''} = PD\rho + pD$$

dargestellt werden, wo $P$ und $p$ sich aus der für die Dichtigkeit $= 1$ berechneten Attraction ergeben. Wenn nun $\varphi$ eine astronomisch bestimmte Polhöhe und $v$ eine Correction in dem Sinne anzeigt, dass $(\varphi+v)$ der von der Attraction befreite Werth ist; so hat man nach 1) Artikel I:

$$\varphi + v = \varphi - PD\rho - pD,$$

mithin

$$v + PD\rho + pD = 0.$$

Nehmen wir nun an, dass der betreffende Observationsort einer Gruppe ziemlich nahegelegener Punkte angehöre, und setzen wir:

$$P = P' + P'' \quad ; \quad p = p' + p'',$$

wo $P'$ und $p'$ die geltenden Werthe bis zu der im Artikel III und VII erwähnten Grenze, über welche hinaus die auf alle Punkte der Gruppe noch ausgeübte Attraction als gleich betrachtet werden kann; $P''$ und $p''$ hingegen die Werthe jenseits derselben anzeigen; so erhalten wir:

$$v + P'D\rho + p'D + P''D\rho + p''D = 0,$$

und wenn der Kürze halber

$$P''D\rho + p''D = J$$

gesetzt wird:

$$v + P'D\rho + p'D + J = 0,$$

wo $J$ für alle Observationsorte der Gruppe denselben Werth hat.

Es ist klar, dass zwei und auch mehrere Observationsorte so nahe an einander gelegen sein können, dass die terrestrisch berechneten Unterschiede zwischen den Polhöhen derselben durch eine Änderung der Erddimensionen, der betreffenden Seiten und der Azimuthe — innerhalb der möglichen Grenzen — in einem so geringen Masse beeinflusst werden, dass man dieselben als fehlerfrei betrachten kann.

Bezeichnet man nun die Observationsorte nach einander mit $S_1, S_2, \ldots \ldots S_n, S_{n+1} \ldots \ldots$, dann die terrestrischen Polhöhenunterschiede oder Amplituden zwischen $S_1$ und $S_n$, $S_2$ und $S_n \ldots \ldots S_{n-1}$ und $S_n$, $S_n$ und $S_{n+1} \ldots \ldots \ldots$ mit $[S_n-S_1]$ $[S_n-S_2] \ldots \ldots \ldots [S_n-S_{n-1}]$, $[S_{n+}-S_n] \ldots$ und fügt den andern Grössen den Index des bezüglichen Observationsortes bei; so erhält man, wenn die hier angeführten Umstände vorhanden sind, nachstehende Gleichungen:

$$\varphi_1 + v_1 = \varphi_n + v_n - [S_n - S_1],$$
$$\varphi_2 + v_2 = \varphi_n + v_n - [S_n - S_2],$$
$$\vdots$$
$$\varphi_{n+1} + v_{n+1} = \varphi_n + v_n + [S_{n+1} - S_n],$$
$$\vdots$$

ferner

$$v_1 + P_1' D\rho + p_1' D + J = 0$$
$$v_2 + P_2' D\rho + p_2' D + J = 0$$
$$\vdots$$
$$v_n + P_n' D\rho + p_n' D + J = 0$$
$$v_{n+1} + P_{n+1}' D\rho + p_{n+1}' D + J = 0$$
$$\vdots$$

Ist die Anzahl der Observationsorte $= N$, so ist die Anzahl der ersteren Gleichungen $= (N-1)$ und die der letzteren $= N$; mithin zusammen $= (2\,N-1)$ Gleichungen. Da nun die Anzahl der $v$ ebenfalls $= N$ ist, so hat man, wenn auch $D\rho$ und $D$ als unbekannt angenommen werden, wie es schon im Artikel II angedeutet wurde, $(N+2)$ Unbekannte mit $(2\,N-1)$ Gleichungen. Es werden daher, wenn $N > 3$ ist, mehr Gleichungen als Unbekannte vorhanden sein, die dann nach der Methode der kleinsten Quadrate aufzulösen sind, wobei die ersteren Gleichungen selbstverständlich als Bedingungsgleichungen zu betrachten, mithin strenge zu erfüllen sind.

Treten aber die hier gemachten Voraussetzungen nicht ein, und sind die Observationsorte in der Richtung von Süd nach Nord so weit von einander gelegen, dass eine Änderung in den Erddimensionen auch eine fühlbare Änderung in den Amplituden der Meridianbögen verursacht; so bedarf es in diesem Falle nur der Erwägung, dass die genannten Amplituden Functionen der Erddimensionen sind. Bezeichnet man daher die halbe Achse des Äquators mit $a$, die Abplattung mit $\eta$, und zeigen $\Delta a$ und $\Delta \eta$ die Änderungen dieser Grössen an; so braucht man nur anstatt $[S_n-S_1]$, $[S_n-S_2]$ u. s. w. nach einander

$$[S_n - S_1] + \frac{d\,[S_n-S_1]}{da} \cdot \Delta a + \frac{d\,[S_n-S_1]}{d\eta} \cdot \Delta\eta,$$
$$[S_n - S_2] + \frac{d\,[S_n-S_2]}{da} \cdot \Delta a + \frac{d\,[S_n-S_2]}{d\eta} \cdot \Delta\eta, \text{ u. s. w.}$$

zu setzen, wo $a$ und $\eta$ dieselben Werthe haben, mit welchen die Amplituden berechnet worden.

Man sieht, dass man auf diese Art selbst in den Stand gesetzt wird, auf die Dimensionen der Erde zu schliessen; natürlich muss aber, wenn in dieser Hinsicht ein Erfolg verbürgt sein soll, sowohl die Anlage als auch die Anzahl der Observationsorte eine angemessene, und die Berechnung der Attraction in der entsprechenden Ausdehnung durchgeführt, d. h. vollständig sein, damit dann die Grösse $J$ wegfalle.

Ist $J$, dessen Werth nicht von der Auflösung der Gleichungen, sondern, wie oben bemerkt, nur von der Berechnung der Attraction abhängt, noch nicht bekannt, wie es weiter oben auch wirklich vorausgesetzt wird — so drücke man mit Hilfe der Bedingungsgleichungen alle in denselben vorkommenden $v$ allenfals durch $v_n$ aus, und setze hierauf $v_n = v - J$, damit $J$ aus der Rechnung verschwinde. Die Werthe von $D\rho$ und $D$, mithin auch von $\rho$ werden dann unmittelbar, dagegen jene von $v_1, v_2, v_3$ u. s. w. erst dann vollständig erhalten werden, wenn $J$ berechnet ist.

Mit Rückblick auf den Werth von $D$, nach Artikel II geht aber hervor, dass selbst bei dem unbekannten Werthe von $J$, sowohl die mittlere Dichtigkeit der zunächst der Erdoberfläche gelegenen Erdschichten oder der Erdrinde, als auch die mittlere Dichtigkeit der Erde berechnet werden kann. Insbesondere eignet sich das angegebene Verfahren zu diesem Zwecke dann, wenn in der Nähe der Observationsorte bedeutende Gewässer (ein grosser See oder ein Meer) vorkommen, welche die geeignete Lage haben, widrigens der Coëfficient von $D$ entweder $= 0$ oder sehr klein wird, so dass sich auf den Werth dieser Grösse nicht schliessen lässt.

Sind ausser den Polhöhen noch vergleichbare sowohl terrestrisch hergeleitete als auch astronomisch bestimmte Werthe von Azimuthen und Längenunterschieden vorhanden, so werden natürlich in beiden früher erwähnten Fällen neue Bedingungen zuwachsen, die wir aber dermalen näher zu besprechen nicht die Absicht haben.

Rücksichtlich der öfter erwähnten Grenze für die Attractionsberechnung einer Gruppe nicht zu weit von einander entfernter Observationsorte muss noch des Vortheils gedacht werden, den man erzielt, wenn diese Grenze so arrondirt wird, dass sie in Bezug auf zwei durch den als Hauptort angenommenen Observationsort senkrecht auf einander gelegte Achsen eine symmetrische Figur bilde.

Denn, da die, von einem in allen Theilen als gleich dicht angenommenen durch zwei parallele Normalflächen und den symmetrischen Umfang eingeschlossenen Körper, auf den innerhalb befindlichen Hauptort ausgeübte Attraction in jeder beliebigen horizontalen Richtung sich vollkommen hebt, oder $= 0$ ist, so wird auch die für den Hauptort berechnete horizontale Attraction von der Wahl der Normalfläche unabhängig. Es bedarf daher auch, wenn die Hauptorte von mehreren Gruppen mit einander in Verbindung gebracht werden, die für sie bereits berechnete horizontale Attraction keiner ferneren Reduction mehr auf eine gemeinschaftliche Normalfläche.

Wie schon aus der Einleitung hervorgeht, wurden bei den hier angegebenen Attractionsberechnungen nur die sichtbaren, d. h. nur die auf der Oberfläche der Erde vorkommenden Unregelmässigkeiten berücksichtiget, weil unserer Meinung nach diese in den meisten Fällen ausreichen dürften, die Abweichung der Lothlinie mit zureichender Schärfe zu erklären, und weil wir erst bei einer allenfalls stattfindenden Disharmonie der erzielten Resultate — wenn sonst die ganze Operation als richtig vorausgesetzt werden kann — auf das Vorhandensein von Unregelmässigkeiten unterhalb der Erdoberfläche mit Grund schliessen können, deren Erklärung dann allerdings Hypothesen überlassen bleiben mag.

# X.

Wir wollen noch eine praktische Anwendung über das hier Vorgetragene anreihen, nachdem die löbliche Direction des k. k. militärisch- geographischen Institutes, auf deren Veranlassung die folgenden astronomischen Bestimmungen bei Innsbruck und Klagenfurt vorgenommen wurden, nicht nur ihre Zustimmung zur Benützung derselben ertheilt, sondern im Interesse des Fortschrittes auch die Veröffentlichung der angewendeten Attractionsberechnung als wünschenswerth erkannt hat.

Bei der neuen trigonometrischen Vermessung Tirols im Jahre 1851 diente der Lanserkopf südlich von Innsbruck als astronomische Beobachtungsstation, und die daselbst mit aller Sorgfalt und Schärfe mit verschiedenen Instrumenten bestimmte Polhöhe ergab auf die Kuppel der Jesuitenkirche zu Innsbruck mittelst des berechneten Breitenunterschiedes übertragen für letztere . . . . . . . . . . . . . . . . . . . . . . . . . . . . $47^0$ 16′ 20″, 85.

Für denselben Ort war aber früher gefunden und zwar nach:

Pater Zellinger's Beobachtungen . . . . . . . . . . . . . . . . . . . 47 16 12,60
Fallon's Beobachtungen . . . . . . . . . . . . . . . . . . . . . . . 47 16 7,77
Ältere trigonom. Vermessung . . . . . . . . . . . . . . . . . . . . 47 16 11,01
Abgeleitet von München . . . . . . . . . . . . . . . . . . . . . . . 47 16 6,60
Abgeleitet von Bern [1]) . . . . . . . . . . . . . . . . . . . . . . . 47 16 8,50

Das vom Lanserkopf übertragene Resultat war daher jedenfalls zu gross, und konnte nur dem Einflusse der näheren südlichen Gebirgsmassen auf diese Beobachtungsstation zugeschrieben werden.

Die Direction des milit. geographischen Institutes fand sich desshalb veranlasst eine neue Breitenbestimmung in der Ebene von Innsbruck vornehmen zu lassen, und übertrug mir die Ausführung derselben im Sommer 1857, wobei jedoch die möglichste Sicherstellung des Resultates bezüglich der Attractionseinflüsse im Auge zu behalten war.

Ich wählte zur astronomischen Beobachtungsstation einen Punkt östlich von Innsbruck und dem Dorfe Pradl, fast in der Mitte der ziemlich symmetrisch vom Gebirgsrande umgrenzten Thalebene, welche in der Richtung von Süd nach Nord eine Ausdehnung von ungefähr 1460 Klafter hat.

Ausser dieser Hauptbeobachtungsstation wählte ich noch fast im Meridiane derselben zwei weitere Observationsorte, welche so wie der Hauptort mit dem trigonometrischen Netze gut und sicher verbunden waren.

Zwischen Lanserkopf und meinem nördlichen Punkte beträgt die Entfernung nahe 2000 Klafter.

Weiter ist noch zu bemerken, dass die Messungen auf dem Lanserkopf im Jahre 1851 zwar von einem andern Beobachter, allein mit denselben Instrumenten und nach denselben Methoden vorgenommen, und hiezu fast alle dieselben Sterne benützt wurden, wie von mir im Jahre 1857, und dass die nachfolgenden Bestimmungen mit Hilfe der Ephemeriden „Connaissance des temps" gewonnen wurden, die an Ort und Stelle zur Hand waren, wo gleich die Berechnung besorgt wurde.

---

[1]) Die abgeleiteten Resultate von München und Bern wurden durch die bewirkte Verbindung der Triangulationen in Tirol und Vorarlberg im Jahre 1852 und 1853 gewonnen.

Die vier Observationsorte sollen nun, wie sie von Süd gegen Nord auf einander folgen, in nachstehender Weise bezeichnet werden:

$S_1$ Lanserkopf, Berg,

$S_2$ Pradl, südlicher Meridianstand,

$S_3$ Pradl, Hauptort,

$S_4$ Pradl, nördlicher Meridianstand.

Die auf denselben astronomisch bestimmten Polhöhen sind, wenn sie in derselben Ordnung angeführt werden:

$$
\begin{aligned}
&&& \text{Beobachtungen:} \\
\varphi_1 &= 47^\circ 14'\ 56''{,}90, && 510, \\
\varphi_2 &= 47.15.\ 36,60, && 180, \\
\varphi_3 &= 47.16.\ \ 9,24, && 320, \\
\varphi_4 &= 47.16.\ 35,99, && 170.
\end{aligned}
$$

Terrestrisch wurden berechnet die Amplituden der Meridianbögen zwischen:

$$
\begin{aligned}
S_1\ \text{und}\ S_3 &= 81''{,}92 \\
S_2\ \text{ „ }\ S_3 &= 38,41 \\
S_3\ \text{ „ }\ S_4 &= 32,55
\end{aligned}
$$

die aus dem schon früher erwähnten Grunde als fehlerfrei betrachtet werden können. Nach dem im vorigen Artikel Gesagten erhalten wir daher:

$$
\begin{aligned}
\varphi_1 + v_1 &= \varphi_3 + v_3 - 81''{,}92, \\
\varphi_2 + v_2 &= \varphi_3 + v_3 - 38,41, \\
\varphi_4 + v_4 &= \varphi_3 + v_3 + 32,55,
\end{aligned}
$$

oder

$$
A) \quad \left\{
\begin{aligned}
v_1 &= v_3 + \varphi_3 - \varphi_1 - 81''{,}92, \\
v_2 &= v_3 + \varphi_3 - \varphi_2 - 38,41, \\
v_4 &= v_3 + \varphi_3 - \varphi_4 + 32,55,
\end{aligned}
\right.
$$

welche letztere die Bedingungsgleichungen bilden und strenge erfüllt werden müssen.

Hiezu kommen — da hier die Attraction nur bis zu der öfter erwähnten Grenze berechnet wurde:

$$
B) \quad \left\{
\begin{aligned}
v_1 + P_1' x + p_1' y + J &= 0, \quad \text{Gewicht } 510, \\
v_2 + P_2' x + p_2' y + J &= 0, \quad\quad\text{ „ } \quad 180, \\
v_3 + P_3' x + p_3' y + J &= 0, \quad\quad\text{ „ } \quad 320, \\
v_4 + P_4' x + p_4' y + J &= 0, \quad\quad\text{ „ } \quad 170,
\end{aligned}
\right.
$$

wo $x$ und $y$ anstatt $D\rho$ und $D$ gesetzt wurde, und wo die Summe der mit ihren Gewichten multiplicirten Quadrate der linken Seiten ein Minimum werden muss.

Aus der für die Dichtigkeit $= 1$ berechneten Attraction in der Richtung der $x$ ergab sich:

$$
C) \quad \left\{
\begin{aligned}
\text{Auf } S_1 &\ .\ .\ .\ .\ P_1' = \ \ \ \ 1{,}74994, \ \ p_1' = 0, \\
\text{ „ } S_2 &\ .\ .\ .\ .\ P_2' = \ \ \ \ 1{,}25466, \ \ p_2' = 0, \\
\text{ „ } S_3 &\ .\ .\ .\ \ P_3' = \ \ \ \ 0{,}37034, \ \ p_3' = 0, \\
\text{ „ } S_4 &\ .\ .\ .\ .\ P_4' = -0{,}06208, \ \ p_4' = 0,
\end{aligned}
\right.
$$

wo die $p'$, da keine Gewässer vorhanden, gleich Null sind, mithin $y$ aus der Rechnung verschwindet.

Es bleiben uns hier sieben Gleichungen mit fünf Unbekannten.

Substituirt man nun in die $B)$ für $v_1$, $v_2$ und $v_4$ die Werthe aus den $A)$, und in die so erhaltenen Gleichungen für $\varphi_1$, $\varphi_2$, $\varphi_3$ und $\varphi_4$ die früher angeführten, dann für $P'_1$, $P'_2$, $P'_3$ und $P'_4$ die in $C)$ gegebenen numerischen Werthe, so erhält man, wenn zugleich $v = v_3 + J$ gesetzt wird, nachstehende numerische Gleichungen:

$$D) \quad \begin{cases} v + 1{,}74994\, x - 9{,}58 = 0, & \text{Gewicht } 510 \\ v + 1{,}25466\, x - 5{,}77 = 0, & \text{\textquotedblright} \quad 180 \\ v + 0{,}37034\, x \quad\quad\;\; = 0, & \text{\textquotedblright} \quad 320 \\ v - 0{,}62508\, x + 5{,}80 = 0, & \text{\textquotedblright} \quad 170, \end{cases}$$

woraus wir, wenn die Bedingung des Minimums erfüllt werden soll, erhalten:

$$E) \quad \begin{cases} 1180{,}00\, v + 1130{,}55\, x - \phantom{0}4938{,}40 = 0 \\ 1130{,}55\, v + 1955{,}43\, x - 10469{,}28 = 0. \end{cases}$$

**Die wahrscheinlichsten Werthe** ergeben sich nun, und zwar aus diesen Gleichungen selbst:

$$v = -\,2{,}12 \text{ mit dem wahrscheinlichen Fehler } \pm 0{,}215,$$
$$x = +\,6{,}58 \text{ \textquotedblright \quad \textquotedblright \quad\quad\quad \textquotedblright \quad\quad\quad \textquotedblright } \pm 0{,}167,$$

dann mit Benützung der $A)$, wenn die numerischen Werthe für $\varphi_1$, $\varphi_2$, $\varphi_3$ und $\varphi_4$ substituirt werden, und wenn man berücksichtiget, dass

$$v_3 = v - J = -\,2{,}12 - J$$

ist:

$$v_1 = -\,11{,}70 - J, \;\pm 0{,}215$$
$$v_2 = -\phantom{0}7{,}89 - J, \;\pm 0{,}215$$
$$v_3 = -\phantom{0}2{,}12 - J, \;\pm 0{,}215$$
$$v_4 = +\phantom{0}3{,}68 - J, \;\pm 0{,}215.$$

Endlich erhält man, wenn diese Werthe zu den entsprechenden $\varphi$ hinzugethan werden, die wahrscheinlichsten Werthe der Polhöhen auf:

$$\left. \begin{array}{l} S_1 \;.\;.\;.\; \varphi_1 + v_1 = 47°14'45''{,}20 - J \\ S_2 \;.\;.\;.\; \varphi_2 + v_2 = 47\;\;15\;\;28{,}71 - J \\ S_3 \;.\;.\;.\; \varphi_3 + v_3 = 47\;\;16\;\;\phantom{0}7{,}12 - J \\ S_4 \;.\;.\;.\; \varphi_4 + v_4 = 47\;\;16\;\;39{,}67 - J \end{array} \right\} \pm 0{,}215$$

Nachdem die numerisch berechneten Werthe von $P'_1 x$, $P'_2 x$, $P'_3 x$ und $P'_4 x$ die Ablenkung der Lothlinie für die unmittelbar gemessenen Polhöhen $\varphi_1$, $\varphi_2$, $\varphi_3$, $\varphi_4$ geben, so kann man sich, wenn man die unmittelbar gemessenen, dann die von der Attraction befreiten Polhöhen in der Reihenfolge, wie die Combinationen zu zweien gebildet werden, von einander abzieht, dann zu den schon angegebenen terrestrischen Amplituden die noch fehlenden aus diesen selbst bildet, die nachstehende Übersicht verschaffen:

| Zwischen den Orten | Amplituden | | | Differenzen | |
| --- | --- | --- | --- | --- | --- |
| | Astronomische | | Terrestrische | ohne | mit |
| | ohne | mit | | | |
| | Berücksichtigung der Attraction | | | Berücksichtigung der Attraction | |
| $S_2$ und $S_1$ | 0' 39″70 | 0' 42″96 | 0' 43″51 | + 3,81 | + 0″55 |
| $S_3$ „ $S_1$ | 1 12,34 | 1 21,41 | 1 21,92 | + 9,58 | + 0,51 |
| $S_4$ „ $S_1$ | 1 39,09 | 1 54,71 | 1 54,47 | + 15,38 | — 0,24 |
| $S_3$ „ $S_2$ | 0 32,64 | 0 38,45 | 0 38,41 | + 5,77 | — 0,04 |
| $S_4$ „ $S_2$ | 0 59,39 | 1 11,75 | 1 10,96 | + 11,57 | — 0,79 |
| $S_4$ „ $S_3$ | 0 26,75 | 0 33,30 | 0 32,55 | + 5,80 | — 0,75 |

woraus man zur Genüge den Werth der Attractionsberechnung bei Bestimmungen von Polhöhen würdigen und zugleich entnehmen kann, wie wichtig es sei, dieselbe bei Gradmessungen zu berücksichtigen.

Obwohl nun der vorliegende Fall den Bedingungen des Artikels IX nicht besonders entspricht, so wollen wir es doch versuchen, daraus noch die mittlere Dichtigkeit der Erde zu berechnen. Aus der Gleichung $D\rho = x$ erhält man nämlich, wenn für $D$ der Werth nach Artikel II gesetzt, und für $\pi$ und $a$ die dort angegebenen Zahlenwerthe substituirt und $\rho = 2,75$ angenommen wird:

$$\Delta = 40{,}338 \cdot \frac{1}{x}.$$

Mithin ist, wenn man die wahrscheinlichen Fehler von $\Delta$ und $x$ mit $\Delta_{,}$ und $x_{,}$ bezeichnet:

$$\pm \Delta_{,} = \pm 40{,}338 \cdot \frac{x_{,}}{x^2},$$

und wenn man für $x$ und $x_{,}$ die oben erhaltenen Werthe 6,58 und $\pm$ 0,167 setzt, so hat man für die mittlere Dichtigkeit der Erde:

$$\Delta = 6{,}1311 \text{ mit dem wahrscheinlichen Fehler } \pm 0{,}1557.$$

Im Jahre 1859 erhielt ich den Auftrag eine astronomische Bestimmung der Polhöhe und eines Azimuthes in der Nähe von Klagenfurt vorzunehmen, so dass die erzielten Resultate möglichst von jedem Attractionseinflusse befreit sein sollten.

Der Vorgang war ein ähnlicher wie in Tirol, nur das ausser dem gewählten Hauptobservationsorte bei St. Peter östlich von Klagenfurt noch auf fünf anderen, demselben Meridiane sehr nahe gelegenen Orten die Polhöhe astronomisch bestimmt wurde, wovon der nördlichste von dem südlichsten sehr nahe 3000 Wr. Klafter entfernt war.

Bezeichnet man diese Observationsorte von Süden angefangen mit $S_1$, $S_2$ .... $S_6$, wo $S_3$ den Hauptort St. Peter anzeigt, so sind die Bestimmungen:

$$\text{Anzahl Beobachtungen}$$

$$
\begin{aligned}
\text{auf } S_1 \ldots \varphi_1 &= 46°\,36'\,43''{,}72, & 160 \\
\text{\textquotedbl } S_2 \ldots \varphi_2 &= 46\;37\;\;\;4{,}80, & 100 \\
\text{\textquotedbl } S_3 \ldots \varphi_3 &= 46\;37\;24{,}13. & 320 \\
\text{\textquotedbl } S_4 \ldots \varphi_4 &= 46\;37\;44{,}27. & 130 \\
\text{\textquotedbl } S_5 \ldots \varphi_5 &= 46\;38\;\;\;3{,}85, & 200 \\
\text{\textquotedbl } S_6 \ldots \varphi_6 &= 46\;38\;23{,}39, & 110.
\end{aligned}
$$

Die berechneten terrestrischen Amplituden der Meridianbögen waren zwischen den Punkten

$$
\begin{aligned}
S_1 \text{ und } S_3 &= 43''{,}02, \\
S_2 \text{ \textquotedbl } S_3 &= 20{,}61, \\
S_3 \text{ \textquotedbl } S_4 &= 19{,}98, \\
S_3 \text{ \textquotedbl } S_5 &= 40{,}24, \\
S_3 \text{ \textquotedbl } S_6 &= 60{,}72,
\end{aligned}
$$

welche wir aus demselben Grunde wie bei dem vorigen Beispiele als fehlerfrei betrachten können. Demnach erhalten wir:

$$
\begin{aligned}
\varphi_1 + v_1 &= \varphi_3 + v_3 - 43{,}02, \\
\varphi_2 + v_2 &= \varphi_3 + v_3 - 20{,}61, \\
\varphi_4 + v_4 &= \varphi_3 + v_3 + 19{,}98, \\
\varphi_5 + v_5 &= \varphi_3 + v_3 + 40{,}24, \\
\varphi_6 + v_6 &= \varphi_4 + v_4 + 60{,}72,
\end{aligned}
$$

und wenn wir die Gleichungen dem vorigen Beispiele analog bezeichnen:

$$
A_1) \quad
\left\{
\begin{aligned}
v_1 &= v_3 + \varphi_3 - \varphi_1 - 43{,}02, \\
v_2 &= v_3 + \varphi_3 - \varphi_2 - 20{,}61, \\
v_4 &= v_3 + \varphi_3 - \varphi_4 + 19{,}98, \\
v_5 &= v_3 + \varphi_3 - \varphi_5 + 40{,}24, \\
v_6 &= v_3 + \varphi_3 - \varphi_6 + 60{,}72.
\end{aligned}
\right.
$$

Da auch hier die Attraction nur bis zu einer gewissen Grenze berechnet wurde, so haben wir:

$$\text{Gewicht}$$

$$
B_1) \quad
\left\{
\begin{aligned}
v_1 + P_1' x + p_1' y + J &= 0, & 160, \\
v_2 + P_2' x + p_2' y + J &= 0, & 100, \\
v_3 + P_3' x + p_3' y + J &= 0, & 320, \\
v_4 + P_4' x + p_4' y + J &= 0, & 130. \\
v_5 + P_5' x + p_5' y + J &= 0, & 200, \\
v_6 + P_6' x + p_6' y + J &= 0, & 110.
\end{aligned}
\right.
$$

Die Berechnung der Attraction für die Dichtigkeit $= 1$ ergab:

$$C_1)\quad\begin{cases} \text{Auf } S_1 \dots P_1' = +\ 0{,}52621, & p_1' = 0. \\ \text{„ } S_2 \dots P_2' = +\ 0{,}37890, & p_2' = 0, \\ \text{„ } S_3 \dots P_3' = +\ 0{,}26559, & p_3' = 0, \\ \text{„ } S_4 \dots P_4' = +\ 0{,}15856, & p_4' = 0, \\ \text{„ } S_5 \dots P_5' = +\ 0{,}05428, & p_5' = 0, \\ \text{„ } S_6 \dots P_6' = -\ 0{,}05500, & p_6' = 0. \end{cases}$$

und da $y$ aus demselben Grunde wie im vorigen Beispiele wegfällt, so haben wir 11 Gleichungen mit 7 Unbekannten, woraus man erhält:

$$D_1)\quad\begin{cases} & & & & & \text{Gewicht} \\ v + 0{,}52621\ x - 2{,}61 = 0, & 160 \\ v + 0{,}37890\ x - 1{,}28 = 0, & 100 \\ v + 0{,}26559\ x + 0{,}00 = 0, & 320 \\ v + 0{,}15856\ x - 0{,}16 = 0, & 130 \\ v + 0{,}05428\ x + 0{,}52 = 0, & 200 \\ v - 0{,}05500\ x + 1{,}46 = 0, & 110 \end{cases}$$

$$E_1)\quad\begin{cases} 1020\ v + 232{,}491\ x - 301{,}8 = 0, \\ 232{,}491\ v + 85{,}423\ x - 274{,}73 = 0. \end{cases}$$

Die wahrscheinlichsten Werthe ergeben sich, und zwar aus diesen Gleichungen:

$$\begin{aligned} & & & \text{wahrscheinliche Fehler} \\ v &= -\ 1''{,}15, & & \pm\ 0{,}210 \\ x &= +\ 6{,}3501, & & \pm\ 0{,}726, \end{aligned}$$

dann aus den $A_1)$, wenn wieder berücksichtigt wird, dass $r_3 = v - J$ ist:

$$\begin{array}{ll} r_1 = -\ 3{,}76 - J, \\ r_2 = -\ 2{,}43 - J, \quad\pm\ 0{,}210; \\ r_3 = -\ 1{,}15 - J, \end{array} \qquad \begin{array}{ll} r_4 = -\ 1{,}31 - J, \\ r_5 = -\ 0{,}63 - J, \quad\pm\ 0{,}210, \\ r_6 = +\ 0{,}31 - J, \end{array}$$

endlich, wenn diese sechs Grössen zu den entsprechenden hinzugethan werden[1]

$$\begin{aligned} \text{Polhöhe auf } S_1 \dots \varphi_1 + r_1 &= 46°\ 36'\ 39''96 - J \\ \text{„ „ } S_2 \dots \varphi_2 + r_2 &= 46\ \ 37\ \ \ 2{,}37 - J \\ \text{„ „ } S_3 \dots \varphi_3 + r_3 &= 46\ \ 37\ \ 22{,}98 - J \\ \text{„ „ } S_4 \dots \varphi_4 + r_4 &= 46\ \ 37\ \ 42{,}96 - J \\ \text{„ „ } S_5 \dots \varphi_5 + r_5 &= 46\ \ 38\ \ \ 3{,}22 - J \\ \text{„ „ } S_6 \dots \varphi_6 + r_6 &= 46\ \ 38\ \ 23{,}70 - J \end{aligned} \quad\Bigg\}\ \pm\ 0{,}210.$$

---

[1] Die hier gewonnenen Resultate sind von den für das k. k. militär.-geographische Institut auf einem andern Wege berechneten etwas verschieden, jedoch durchaus ohne Erheblichkeit.

Nach dieser Aufgabe stellt sich folgende Übersicht heraus:

| Zwischen den Orten | Amplituden | | | Differenzen | |
| --- | --- | --- | --- | --- | --- |
| | ohne | mit | Terrestrische | ohne | mit |
| | Berücksichtigung der Attraction | | | Berücksichtigung der Attraction | |
| $S_2$ und $S_1$ | 0′ 21″08 | 0′ 22″01 | 0′ 22″41 | + 1″33 | + 0″40 |
| $S_3$ „ $S_1$ | 0  40,41 | 0  42,06 | 0  43,02 | + 2,61 | + 0,96 |
| $S_4$ „ $S_1$ | 1  0,55 | 1  2,88 | 1  3,00 | + 2,45 | + 0,12 |
| $S_5$ „ $S_1$ | 1  20,13 | 1  23,13 | 1  23,26 | + 3,13 | + 0,13 |
| $S_6$ „ $S_1$ | 1  39,67 | 1  43,36 | 1  43,74 | + 4,07 | + 0,38 |
| $S_3$ „ $S_2$ | 0  19,33 | 0  20,05 | 0  20,61 | + 1,28 | + 0,56 |
| $S_4$ „ $S_2$ | 0  39,47 | 0  40,87 | 0  40,59 | + 1,12 | − 0,28 |
| $S_5$ „ $S_2$ | 0  59,05 | 1  1,12 | 1  0,85 | + 1,80 | − 0,27 |
| $S_6$ „ $S_2$ | 1  18,59 | 1  21,35 | 1  21,33 | + 2,74 | − 0,02 |
| $S_4$ „ $S_3$ | 0  20,14 | 0  20,82 | 0  19,98 | − 0,16 | − 0,84 |
| $S_5$ „ $S_3$ | 0  39,72 | 0  41,07 | 0  40,24 | + 0,52 | − 0,83 |
| $S_6$ „ $S_3$ | 0  59,26 | 1  1,30 | 1  0,72 | + 1,46 | − 0,58 |
| $S_5$ „ $S_4$ | 0  19,58 | 0  20,25 | 0  20,26 | + 0,68 | + 0,01 |
| $S_6$ „ $S_4$ | 0  39,12 | 0  40,48 | 0  40,74 | + 1,62 | + 0,26 |
| $S_6$ „ $S_5$ | 0  19,54 | 0  20,23 | 0  20,48 | + 0,94 | + 0,25 |

Man sieht also auch hier, dass die Attraction die Messung bedeutend beeinflusste. Setzt man in den Formeln der früheren Anfgabe:

$$\Delta = 40{,}338 \cdot \frac{1}{x}$$

und

$$\pm \Delta_{,} = \pm 40{,}338 \cdot \frac{x_{,}}{x^2}$$

die hier erhaltenen Werthe für $x$ und $x_{,}$ nämlich $+ 6{,}3501$ und $\pm 0{,}726$, so ergibt sich die mittlere Dichtigkeit der Erde:

$$\Delta = 6{,}352 \text{ mit dem wahrscheinlichen Fehler } \pm 0{,}726,$$

wenn die mittlere Dichtigkeit der Erdrinde so wie früher mit 2,75 angenommen wird.

Das Resultat der mittleren Dichte der Erde ist in beiden Aufgaben ein grösseres, als es sonst (5,44 bis 5,68) angegeben wird; allein dafür auch ein von der angenommenen mittleren Dichte der Erdrinde Abhängiges, da in beiden Fällen nicht die Bedingungen vorhanden waren, desshalb eigene Bestimmungen zu machen.

Um endlich den Vorgang bei der Berechnung der Attraction anschaulicher zu machen, sind hier vier Karten beigeschlossen, auf welchen in Bezug auf die Observationsorte bei Innsbruck in Tirol die attrahirenden Untertheilungen dargestellt sind, die übrigens in den wegen ihres zu grossen Umfanges nicht beigeschlossenen Berechnungsprotokollen unter der Bezeichnung „Figur" erscheinen.

Sie sind in sechs Partien oder Abtheilungen abgetheilt, die mit stehenden römischen Ziffern bezeichnet sind.

Der Nullpunkt des rechtwinkeligen Coordinatensystems wurde in Lanserkopf angenommen, die Achsen desselben sind parallel zum Meridian von Lanserkopf und senkrecht darauf. Die Normalfläche wurde 295 österr. Klafter über der Meeresfläche, die drei Observationsorte bei Pradl wurden in einer 304 österr. Klafter über dem Niveau des Meeres erhöhten Ebene und Lanserkopf 490 österr. Klafter über demselben angenommen.

Im ersten Blatte sind die Untertheilungen blos von der V. und VI. Abtheilung ersichtlich; allein, um die Untertheilungen der ersten vier Abtheilungen ersichtlich zu machen, mussten diese in grösserem Massstabe auf den folgenden drei Blättern gezeichnet werden. Zur Berechnung der auf die vier genannten Orte von der nächsten Umgebung ausgeübten Attraction ist die Eintheilung derselben in Untertheilungen nach der am Schlusse des Artikels III gegebenen Andeutung vorgenommen worden, daher die I$^{te}$ Abtheilung für jeden Ort eine andere Eintheilung hat, wie es in Blatt II auch ersichtlich. Für Lanserkopf, auf der höchsten Stelle des gleichnamigen Kogels, wurde dieser in 24 Ausschnitte getheilt, die mit $a$, $b$, $c$, ... bis $y$ und das Ganze mit Fig. 44 (für das Berechnungsprotokoll) bezeichnet wurde. Die Berechnung der Attraction geschah hier nach 26) Artikel V.

Um die anderen drei Punkte bei Pradl wurden Untertheilungen von symmetrischem Umfange (rechtwinkelige Parallelogramme) gebildet, und ihre obere Fläche als eben angenommen, so dass also die horizontale Attraction für dieselben $= 0$ ist. Das übrige Terrain der ersten, so wie das der anderen Abtheilungen wurde, ausgenommen im Anstosse mit dem Fussumfange des Lanserkopfes, in Untertheilungen von symmetrischem Umfange getheilt, und ihre horizontale Attraction nach 13) Artikel III berechnet. Die Abgrenzungen aller dieser symmetrischen Untertheilungen, so wie auch die der Abtheilungen selbst, sind zu den Coordinatenachsen parallel; die ersten bilden überdies, wie es gleich auffällt, je nach dem Grade der erforderlichen Genauigkeit Quadrate, welche 1000, 2000 bis 4000 österr. Klafter, also nach der angenommenen Einheit 1, 2 bis 4 zur Seite haben.

In der nordwestlichen Ecke derselben ist ihre Numerirung, die in jeder Abtheilung mit 1 anfängt, mit stehenden arabischen Ziffern, und in der Mitte der kubische Inhalt, wie er sich aus der Ausmittelung der Höhen über der angenommenen Normalfläche ergab, mit liegenden arabischen Ziffern eingeschrieben.

Die erste Abtheilung bildet ein rechtwinkeliges Parallelogramm, das in Bezug auf einen gedachten, 1000 österr. Klafter nördlich vom Lanserkopf im Meridiane desselben angenommenen Punkt symmetrisch ist, die folgenden vier sind rahmenförmig, so dass deren innerer Umfang sowohl, als auch der äussere in Bezug auf den gedachten Punkt ebenfalls symmetrisch ist; die sechste Abtheilung besteht aus vier in der Richtung der vier Weltgegenden symmetrisch sich anschliessenden Gruppen von Untertheilungen. Von dem gedachten Punkte sind die äussersten Umfangslinien des ganzen berechneten Terrains in der Richtung der vier Weltgegenden 10 Meilen $= 40000$ österr. Klafter entfernt, mithin so weit, dass man diesen symmetrischen Umfang als die Grenze ansehen kann, über welche hinaus die auf die vier verschiedenen Punkte, oder wenn man den gedachten Punkt dazu nimmt die auf alle fünf noch weiter ausgeübte Attraction als gleich betrachtet werden kann.

Zum Entwurfe der beiliegenden Blätter so wie zur Ausmittelung der Höhen der Untertheilungen wurden die Specialkarten von Tirol und Oberösterreich sammt Salzburg des k. k. Generalstabes, dann wegen der auf Baiern fallenden Fläche die Karte der österreichischen Monarchie von Oberstlieutenant S c h e d a nebst den Elaboraten des k. k. Katasters benützt, welche letztere besonders reichhaltige Höhendaten lieferten. Die punktirten Linien zeigen die Scheidung der Blätter der Generalstabskarte an, und in den nordwestlichen Ecken sind ihre Numern mit grösseren stehenden arabischen Ziffern eingeschrieben.

Bei Klagenfurt war die Eintheilung des Terrains in Untertheilungen eine ähnliche, und es wurden darnach auch die Blätter mit Benützung der Generalstabskarten entworfen. Jedoch erstreckt sich die Attractionsberechnung von St. Peter nördlich und südlich nur auf $6^3/_4$, östlich und westlich auf $4^1/_2$ österr. Meilen.

---

Die vorliegende Abhandlung und ihre Anwendung auf die zwei angeführten Beispiele dürfte jedenfalls die Eingangs erwähnte Ansicht genügend begründen, dass eine Gradmessung ohne Berücksichtigung der von den Unregelmässigkeiten der Erdoberfläche hervorgebrachten Ablenkung der Schwere nur unvollständig sein könne, und dass da, wo die messbaren Unregelmässigkeiten berücksichtigt werden, ein der Wahrheit weit genäherteres Resultat zu erwarten stehe, als im entgegengesetzten Falle. Wir glauben hierbei überhaupt jenem Theile der interessanten Denkschrift zur Begründung einer mitteleuropäischen Gradmessung vom Herrn Generallieutenant Ba e y e r entgegengekommen zu sein, in welchem gesagt wird, dass eine künftige Gradmessung es hauptsächlich nur mit den Abweichungen zu thun haben und bei ihrer Anlage Gegenden und Terrainverhältnisse aufsuchen müssen wird, die man sonst gerne vermied.

Ist es uns aber gestattet, unsere Betrachtungen etwas weiter auszudehnen, so übergehen wir auf Seite 100 dieser Denkschrift, wo es heisst: „Aus den astronomischen Bestimmungen der Sternwarten oder sonstiger Stationsorte sind die wahrscheinlichen Fehler der Polhöhen und die wahrscheinlichen Fehler der Azimuthe bekannt; es lässt sich daher untersuchen in wie weit durch Einführung dieser Fehler die Differenzen der Abplattung zum Verschwinden gebracht werden können. Und in so weit, wie dies angeht, sind diese Differenzen Beobachtungsfehlern beizumessen. Für alle Punkte aber, wo noch ein erheblicher Rest übrig bleibt, wird derselbe einer Ablenkung der Lothlinie zuzuschreiben sein. Diese Punkte werden nun ausgeschlossen und die übrigen zu einem Polygone vereinigt, welches so auszugleichen ist, dass es einem einzigen Sphäroid entspricht“.

Abgesehen davon, dass durch dieses Ausschliessen eine beträchtliche Anzahl von Punkten dem beabsichtigten Zwecke entzogen wird, ist auch die Sicherheit des Schlusses in Bezug auf das entsprechende Sphäroid eine verhältnissmässig um so geringere. Das Ausschliessen von Punkten, wo noch ein erheblicher Rest übrig bleibt, würde uns daher erst dann gerechtfertigt erscheinen, wenn früher alle astronomischen Bestimmungen von der Ablenkung in Folge messbarer Unregelmässigkeiten befreit sind; denn nur so wird eine Gradmessung, gegenüber den bereits geschehenen, mit Recht als ein Fortschritt in der wissenschaftlichen Untersuchung unseres Erdballes angesehen werden können. Eine strenge Berechnung der Attraction und in der gehörigen Ausdehnung durchgeführt, dürfte schon allein zur Hebung der Disharmonie zwischen astronomischen und terrestrischen Bestimmungen in den meisten Fällen um so mehr hinreichend sein, als dies oft durch blosse allgemeine Abschätzungen theilweise erfüllt wird. Denn, wenn man voraussetzt, dass die Orte, auf welchen astronomische Bestimmungen vorgenommen werden, nahe in demselben Meridiane gelegen sind; so werden — ausser wenn noch besonders grell hervortretende Unregelmässigkeiten einwirken — auf einer Insel, oder wenn die Observationsorte sich über einen Berg ziehen, die astronomischen Amplituden immer grösser; und wenn die Observationsorte in einem nördlich und südlich vom Gebirge begrenzten Thale, oder zu beiden Seiten eines bedeutenden Gewässers gelegen sind, immer kleiner sich herausstellen, als die terrestrischen Amplituden.

Da nun die Excentricität, mithin auch die Abplattung der Erde mit wachsenden Amplituden der Meridianbögen zu- oder abnimmt, je nachdem $\sin \varphi \gtrless \sqrt{\dfrac{2}{3\left(1 - \frac{4}{3}\varepsilon^2 + \varepsilon^4\right)}}$ ist, wo $\varphi$ die Polhöhe anzeigt; so ist die Seite 73 der genannten Denkschrift angeführte Bemerkung, dass die astronomischen Polhöhenbestimmungen für England eine grössere specielle Abplattung ergeben, hiemit schon gerechtfertigt.

Eben so ist es erklärlich, dass in unseren beiden Beispielen die astronomischen Amplituden, bis auf eine, durchgehends kleiner sind, als die terrestrischen, indem in beiden Fällen die Observationsorte in von Ost gegen West sich hinziehenden Thälern gelegen sind.

Die in beiden Aufgaben durchgeführte Berechnung des Verhältnisses der mittleren Dichtigkeit der Erde zur mittleren Dichtigkeit der Erdrinde, oder wie wir die Letztere $= 2{,}75$ annahmen, die Berechnung der Ersteren, dürfte jedenfalls als eine im hohen Grade befriedigende Beantwortung einer jener Fragen erscheinen, die nach § 8 der Denkschrift künftigen Gradmessungen vorbehalten bleiben. Nur wäre noch zu wünschen, dass bei der im Zuge befindlichen mitteleuropäischen Gradmessung an einer, den im Artikel IX angezeigten Bedingungen entsprechenden Örtlichkeit ähnliche Bestimmungen vorgenommen würden, um daraus auf die mittlere Dichtigkeit der Erde und ihrer Oberfläche mit um so grösserer Sicherheit schliessen zu können, und Daten zu gewinnen, die dann auch als Grundlage zu ferneren Berechnungen der Ablenkung dienen könnten. Unserer Ansicht nach dürfte sich in Österreich die Südspitze Istriens unterhalb Pola, in Italien die Gegend von Genua, und in Frankreich die Gegend von Marseille besonders dazu eignen.

Bei der Lösung unserer beiden Aufgaben haben wir nicht die geringste Veranlassung gefunden, zu unterirdischen oder sonst unerklärlichen Unregelmässigkeiten Zuflucht zu nehmen, um die astronomischen Bestimmungen mit den terrestrischen in Einklang zu bringen. Zur Beantwortung der Frage, in wie weit dieses auch bei entfernteren unter verschiedenen Meridianen gelegenen Observationsorten stattfindet, ist bereits eine ausgedehnte Berechnung der auf Pradl bei Innsbruck, Wien und Fiume ausgeübten Attraction in Angriff genommen, um nach Durchführung derselben den Vergleich der astronomischen mit den terrestrisch hergeleiteten Polhöhenunterschieden dieser Orte herstellen zu können, wozu wir die Daten ebenfalls durch die Güte der Direction des k. k. militärisch-geographischen Institutes zu erhalten hoffen.

Die Ergebnisse dieses Unternehmens der k. k. Akademie und damit der Öffentlichkeit vorzulegen, ist daher einem späteren Zeitpunkte vorbehalten.

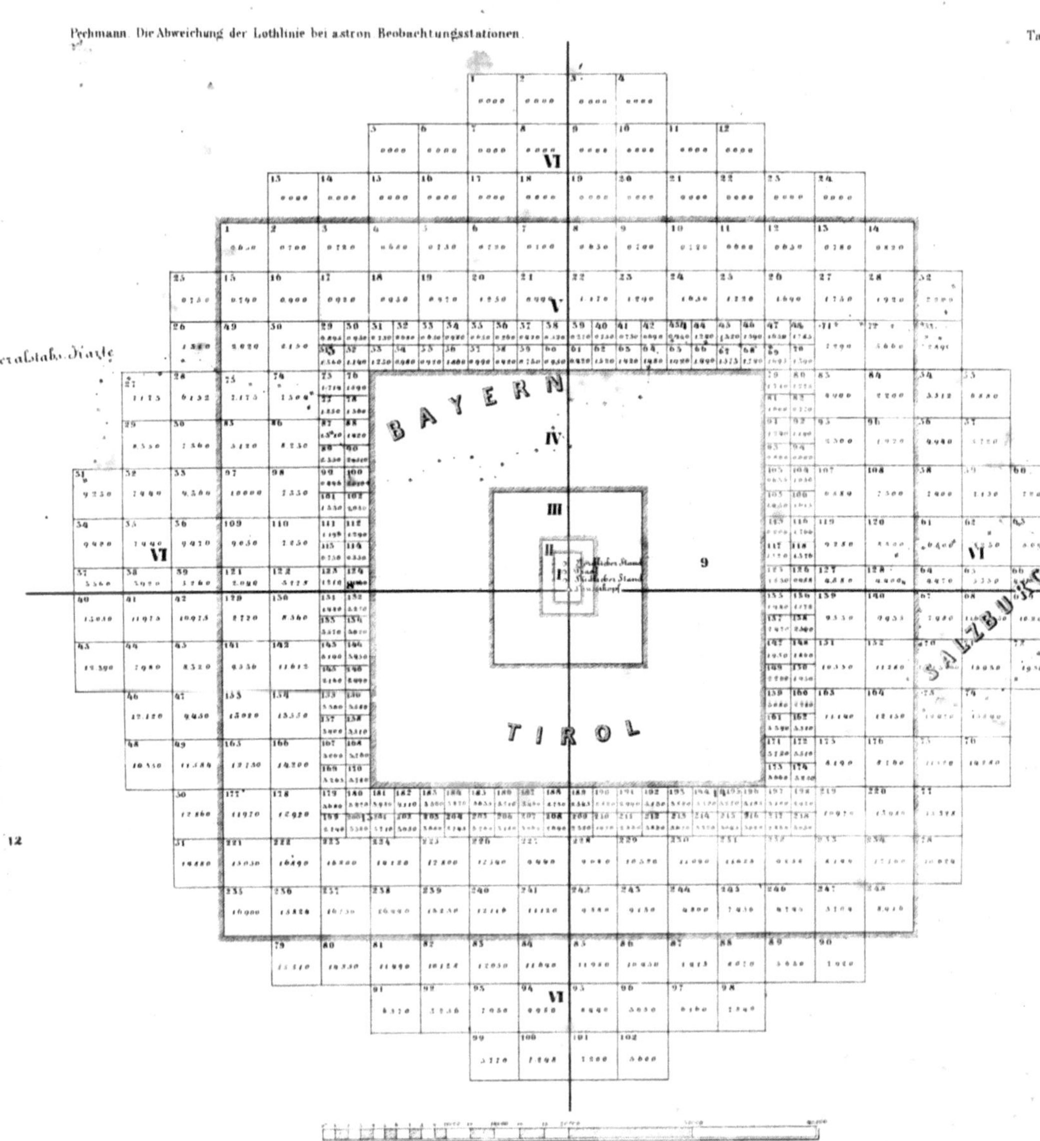
BAYERN
TIROL
SALZBURG
I
II
III
IV
V
VI
VI
VI
VI
Generalstabs-Karte

# Ite ABTHEILUNG.

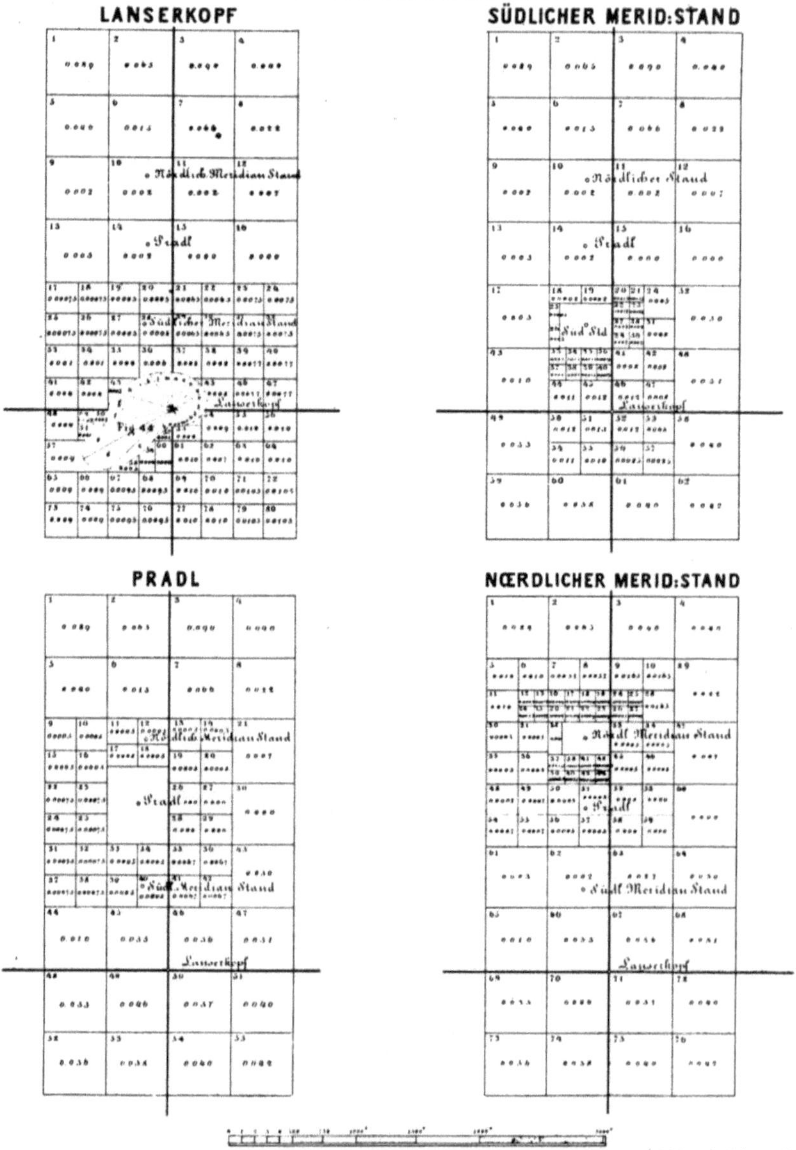
LANSERKOPF
SÜDLICHER MERID: STAND
PRADL
NŒRDLICHER MERID: STAND
Nördlicher Meridian Stand
Pradl
Südlicher Meridian Stand
Lanserkopf
Süd. Std